Verão dos infiéis

Romance

Direção Editorial: **Silvio Testa**

Coordenação Editorial: **Carla Fortino**
Edição: **Fabiana Medina**
Revisão: **Laila Guilherme**
Capa: **Fabiana Yoshikawa**
Ilustrações: **Joice Trujillo**
Diagramação: **Estúdio Dito e Feito**

1ª Edição: 2023

Dados Internacionais de Catalogação na Publicação (CIP)
(Angélica Ilacqua CRB-8/7057)

Queiroz, Dinah Silveira de
Verão dos infiéis : romance / Dinah Silveira de Queiroz ;
posfácio e notas de Rafael Domingos Oliveira. — 1ª ed. —
São Paulo : Editora Instante, 2023.

ISBN 978-65-87342-44-3

1. Ficção brasileira I. Título II. Oliveira, Rafael Domingos

CDD B869.3
23-1795 CDU 82-3(82)

Índices para catálogo sistemático:
1. Ficção brasileira

Texto fixado conforme o Acordo Ortográfico da Língua
Portuguesa de 1990, em vigor no Brasil a partir de 2009.

www.editorainstante.com.br
facebook.com/editorainstante
instagram.com/editorainstante

Verão dos infiéis é uma publicação da Editora Instante.

Este livro foi composto com as fontes Arnhem
e Monroe e impresso sobre papel Pólen Natural 80g/m²
em Edições Loyola.

Verão dos infiéis

Romance

Dinah Silveira de Queiroz

instante

POSFÁCIO E NOTAS
Rafael Domingos Oliveira

Sumário

Nota da autora: Os debates em curso no capítulo 14 ressoaram, palavra por palavra, num congresso com o mesmo título, "O Futuro do Cristianismo", na cidade de Perúgia [capital da região da Úmbria, na Itália], a poucos quilômetros do túmulo de São Francisco. A reunião ocorreu em maio de 1967.

Ao encontro de Domingos

Mergulho na espessura de nuvens bojudas de chuva e, de súbito, num rasgão, vejo o aterro. Passamos em voo rasante pelas águas da Guanabara; deslizamos pela pista úmida do Aeroporto Santos Dumont. Transponho portões; ninguém me dá atenção. No entanto, bem me sinto em ânimo excitado. Estou voltando à minha terra e, pela primeira vez em vinte e sete anos de carreira de romancista, vou ter encontro com uma personagem que criei. Esperarei por Domingos. Passeio entre as grandes e antes odiosas pinturas murais, iluminadas pelo sol do meio-dia, num acúmulo de tempos, de figurinos, de popular simbologia, com o prazer de rever uma velha folhinha na parede de nossa casa. Noto que o povo, posto à espera, está mais triste e talvez mais pobre do que dantes. Lá fora, a rua aparece enlameada; há uma opressa espera nos viajantes que aguardam os primeiros voos depois da interrupção das grandes chuvas. Inquieto-me um pouco diante do problema "Como distinguir Domingos entre os que chegam?". Mas, pensando melhor, chego à conclusão de que serei capaz de reconhecê-lo, ainda que aqui venha em meio à multidão. Descubro que Domingos só pode ser parecido com o pai de nós todos. Será um senhor, antes de tudo, não haja dúvidas. Usará um chapéu de forma antiga; terá uma velha "capa de borracha" — nunca um impermeável de náilon —, mas deverá compensar seu aspecto sisudo com um carinho pronto a manifestar-se. Poderei descobri-lo dando um lápis de presente à aeromoça, ou afagando o cachorro infeliz e nauseado pela viagem de uma velha senhora, ou ainda "receitando" e abrindo um tubo de aspirina para a dor de dente de um viajante. Se se parece, como penso, com toda figura do pai, correrei para ele, e Domingos então abrirá os braços.

Os voos ainda sofrem demoras.

Tenho mil coisas na garganta, pois devo contar a Domingos sobre o que se passou, nestes três dias, com sua família. Então, antes que chegue, proponho-me a encontrar, na sala de espera do andar de cima, um canto onde o terei a fixar-me com seus olhos ainda indefiníveis, em atenção tão grande que será apenas necessário mover silenciosamente os lábios. Assim; será assim mesmo. Moverei os lábios e em atropelo, momento por momento, farei saber tudo a Domingos. Será como quem reza, num infinito balbuciar, mas sem nenhum som. Espero Domingos — aliás, Senhor Domingos. Já tendo subido a escada, de cima vejo outras personagens que criei e me emociono profundamente. São três jovens; seus sobrinhos, que o esperam também. Impenetráveis, fatigados, sentam-se em um banco, a irmã miúda e acabrunhada entre os irmãos.

Retiro-me para a sala de espera, onde refaço mentalmente o tempo vivido pela gente de Domingos. A ele entregarei minhas dúvidas e perguntas. Aquele a quem procurei, transparecendo por céus e mares, desde as fímbrias do Tirreno; Domingos, nosso pai, nosso guia, porto de nossa angústia, mão que procuraremos; Domingos que está para chegar...

1
A marca

Todo o movimento da avenida Copacabana fluía, abafado, como torrente subterrânea. Valentina andava, caminhando pela praça e tentando forçar a passagem, entre poças d'água, tolhida por uma pesada mulher grávida que ia empurrando um carro de criança. Seguravam-se, como podiam, à saia da mãe, um menino que mal sabia andar sozinho e uma menina mais velha que chorava por qualquer motivo. Isso impacientou Valentina. Tinha certo nojo das mulheres filhentas, dessas que lhe pareciam animalizadas pela maternidade, unicamente ocupadas com suas crias, como cachorrinhas em período de aleitamento. Empurrou levemente a menina chorona, e, de súbito, aquele choro se fez mais alto; o barulho da rua atingiu então um ponto de quase insuportável e dilacerante clamor.

"Meu ouvido destapou. Estava meio surda e não sabia."

Sofreu o impacto do som e parou mais adiante na calçada. Um caminhão sujo de barro, com alegres homens em camisas desfraldadas — seriam todos bêbedos? —, avançava o sinal; gente descia de um ônibus, e um senhor meio penso, de andar difícil, agitou a mão trêmula, ameaçadora, para o grupo feliz e galhofeiro que se distanciava, como rajada de triunfal grosseria, por entre os seres aflitos. Novamente, veio chegando a mulher grávida e sua carga de filhos. Valentina, antes de deixar a praça, estudou a penca humana, toda unida: mãe, filho que ia logo nascer de um ventre que se via já baixo e as crianças ao lado, agarradas e feias, de cabelos pesteados, como cãezinhos teimando à teta da mãe e arrastados por ela.

Fechara o sinal, mais uma vez; os ruídos aumentavam, parecia, o calor do sol depois da chuva, e Valentina subitamente experimentou como que a volta de outro sentido também adormecido. A mãezinha anônima arfava de calor a seu lado. As crianças cansavam-se com ela; o menino que andava ainda com dificuldade pedia "colo, mãe". A mulher animava — "já vamos pra casa" —, e Valentina se concluiu, irritada com tudo que via, ouvia, alagada de suor: "Estou grávida de morte. Eu sou como a nau dos mortos".

A mãezinha cedeu ao apelo do filho. Tomou-o ao colo, de lado, para não magoar o ventre. A menina que chorava calou-se, segurou melhor a saia da mãe, e o todo se afastou, o carrinho rilhando áspero no descer a calçada e enveredar pela lama da rua.

Valentina ia atrás e continuava a dizer-se: "Eu trago meus mortos. Eles são meus, eles me pertencem como os filhos a essa mulher. Ninguém sabe que eu estou grávida de mortos. Eu sou a nau dos mortos".

Veio-lhe a visão de um filme. Um homem morria — era um filme japonês —, mas, ao cerrar os olhos, era levado pela alegre, esvoaçante nau dos mortos. Mortos saudosos com os quais ele partia num cenário que era de céu-mar; um azul que não se sabia se vinha a ser ar ou água, numa embarcação desprovida de peso.

Passou à outra margem, pisando firme, com seu passo senhoril. Antes de sair de casa, tomara duas pastilhas de benzedrina. Era assim que podia ter forças. Mas o calor parecia maior em sua excitação.

Duas moças voltavam da praia, tomando sorvete e conversando. Uma delas mostrava as coxas, colunas douradas de sol, com inocência saudável. Um entregador de bicicleta soou a campainha junto de Valentina. Quase esbarrara nela; chegara mesmo a arranhar-lhe a bolsa, observando a moça. As jovens perceberam; a de coxas bonitas parou um pouco, sorriu serena para Valentina, e o entregador soou a campainha e se perdeu no meio dos passantes com uma pilhéria qualquer tão cheia de desprezo por ela quanto a dos homens desabusados, a gritarem de cima do caminhão para os que ficavam no asfalto, à beira do sinal.

Antes de entrar no edifício dos Correios, viu uma sua velha amiga, caixa da sapataria, a Malva, que acenou com um jornal. Ela lhe impôs um gesto como "espere", "depois".

Entrou no grande saguão e se viu fustigada pela tensão que criava uma atmosfera dentro da atmosfera: gente que esperava, em fila; pessoas que redigiam telegramas ou cartas e olhavam umas para outras, transparecendo reciprocamente em suas perplexidades. Bolas de papel significavam palavras a mais ou a menos, traições pequeninas, ventres apertados de angústia, súplicas que pretendiam não parecer assim, ordens que passariam a um melhor polimento, talvez adulações a ser ou não moderadas.

— Dá licença.

Tomou uma parte do pequeno balcão.

O homem que compartilhava o mesmo campo cheirando a cola, num mapa de continentes de vãs palavras borradas, ia escrevendo "Motivo imperioso..."; riscava, tomava nova folha. Ela o observou em seu nervosismo, quase com a mesma curiosidade inimiga do entregador de bicicleta e dos homens do caminhão. Dois segundos após, lavou-se de toda antipatia, nessa hora desumana. Redigiu, a letra firme, longa e grossa:

Domingos
Joaquim Egídio
Venha
Valentina

Quando terminou, o homem elevou para ela um rosto miserável, medroso, em meio à feitura do telegrama, e disse por fim:

— Quanto dói uma desculpa!

Ela, caindo em humildade, acrescentou para sua mão que tremia, talvez porque estivesse de mau jeito no raspão com o carregador da bicicleta, ou talvez porque os dedos sentissem melhor a solenidade das coisas:

— É mais fácil pedir socorro, como estou fazendo agora.

Três pessoas ocupavam, antes dela, o guichê. A senhora loira, opulenta e feérica, afinal a atendeu. A funcionária fixou Valentina; tinha face de televisão, entretanto, vinda de um mundo desconectado com o espectador, impessoal, e posto além de seu quadro feliz:

— Não tem sobrenome nem rua?

— Vai assim mesmo. Todos conhecem.

A funcionária baixou os olhos sobre outro telegrama, no quadro protetor de seu bem-estar — inatingível e incontaminada figura.

Valentina saiu da agência dos Correios quase fugindo para evitar a amiga da loja ao lado.

"Quer mostrar-me o último crime do Rio. Ou o último suicídio como aquele, o de ontem, quando a moça que se lançou do décimo andar, nesta mesma praça Serzedelo Correia, caiu para um lado, as nádegas à mostra, e a dentadura voou para longe." Não negaria que ela, em outras ocasiões, prestara atenção aos relatos da amiga, que oferecia os dramas com sua forma especial de caridade, como se distribuísse alimento e consolo.

Enfrentou o sol e os seres adversos que compunham a multidão dos vivos. Dentro de seu pensamento via sempre um lençol. Nele, marca de sangue. O mesmo sinal, e num dia perdido se riram dela; parecia que a família toda se divertisse festivamente. "Já moça, sabem? Valentina já está moça." Anos depois, a descoberta física do amor. Já era mulher, e os empregados do hotel deveriam ter rido ao arrumar o quarto dos recém-casados. Ela não queria que soubessem, e o marido fez questão de expô-la, como se a ausência daquela marca ferisse a própria reputação. E agora esta, a última. Os filhos não saberiam até que chegasse o cunhado Domingos. Pediria a Malva que a acompanhasse a um médico, para ver o que era aquele mal. Ao atravessar a calçada, a mão de sua mãe morta apertou levemente os dedos trêmulos. E, no preto e branco da ideia, as sobrancelhas maternas se arquearam, severas: "Coragem, minha filha, você nos tem a nós".

Ela carregava os mortos, e ninguém sabia que, ao voltar para casa, viesse com mais saudades deles — de poder fruir à vontade de sua companhia — que dos filhos. Seus três filhos haviam motivado o telegrama; chamara Domingos mais por eles que por ela própria.

Pouco a pouco — não sabia contar como — fora perdendo os meios para seguir de perto a existência dos filhos. Comparava-se, agora, àquela mulher do guichê dos telegramas. Fizera-se desconectada, distante. Estava cansada de ouvir dizer que as mães de hoje teriam, todas, a mesma dificuldade. Mas talvez elas, mais felizes, pudessem ainda, a seu modo, amar os filhos como sabia que fora amada pela mãe. Em relação a seus meninos, pouco a pouco sentira crescer uma irritação que ia, em algumas ocasiões, às raias da antipatia. Carminho, por exemplo, com seu namorado bêbedo; fechada sempre no quarto, ouvindo discos ou pálida de emoção cada vez que o telefone soasse. Bem sabia que para ela a mãe representava apenas uma mulher inoportuna à espreita de todas as ocasiões de saber-lhe os segredos. Indevidamente ela se aproveitava, sim, dos segredos de Carminho, apurando vez por outra uma ligação telefônica ou, numa indiscrição de amiga, fatos da vida que a filha encobria, não podendo saber por que motivo. Os rapazes, por outro lado, viviam sempre, embora fossem mais delicados que a irmã, na defensiva; sempre alertas em negar qualquer esclarecimento. Geraldo, o mais velho, poderia — quem sabe? —, se quisesse, conquistá-la para seu esquerdismo ou comunismo — "hoje em dia essas coisas são tão vagas". Mas preferia calar, o que fazia sempre a tratando muito bem, com a devida cautela de quem não estende a sua inteira confiança. E Aloísio, o caçula, que tinha o nome do pai, por que depois de homem-feito ficara como o irmão e passara a ocultar-lhe até mesmo seu sabido namoro com uma "protestante"? Ele, justamente o mais religioso, que se zangava quando a mãe perdia a missa de domingo?

A benzedrina lhe dava uma centelha interior, e tanto mais passava a reforçar as doses quanto maior acuidade lhe vinha para surpreender numa ou noutra conversa as porções ocultas de vida dos filhos que se iam distanciando, com seus liames de vivos, enquanto ela se deixava ficar ancorada em sua nau dos mortos, vendo-os como partir, largar para mais longe.

"Se eu mesma reconheço que não lhes tenho mais tanto amor, aquele amor que as mulheres possuem para os filhos, incapaz de discernir, todo feito adesão, por que, meu Deus, eu me aflijo tanto por eles? O sentimento do dever será assim tão pesado? Foi por isso que chamei Domingos?"

Deixou a rua Toneleros e passou à pequena travessa Júlia, onde morava. O porteiro veio-lhe ao encontro:

— Volta o regime outra vez. Já estou avisando que amanhã só tem água das sete às oito. Todo mundo tem de entrar na linha. E logo mais... falta energia...

E ria para ela, como um triunfador. Durante anos, aquele homem só pesava na existência dos moradores do prédio quando faltava água ou luz. Então todos o inquiriam, o pressionavam, até mesmo o adulavam; uns para que avisasse mais cedo, para que se pudesse fazer a reserva de água em latas e panelas. Outros, para que fechasse o suprimento uma hora mais tarde. Era a sua preciosa superioridade ocasional, e ele não abriria mão de seu respeitável poder por entre os habitantes do edifício. Valentina, porém, não se queixou nem se interessou, como os outros, pelo assunto, segundo o qual se afirmaria o absoluto poder do porteiro. Perguntou pela filha. Ele, tendo perdido a primeira oportunidade, agora teve o gosto de responder:

— Dona Carminho não desceu. Mas aquele fotógrafo da revista está lá embaixo, ali naquele carro.

E riu, mais uma vez, possuindo quase com ternura o repentino desgosto da mãe.

Quando Valentina chegou à porta de casa, Carminho ia deixando o prédio e crispou o rosto. De dentro do carro, o fotógrafo saiu, com ar de grande afabilidade, puxando e beijando a mão da senhora, inteiriçada.

— É sempre um prazer cumprimentá-la — disse ele, com a severidade que se impõe a si próprio aquele que bebeu excessivamente e apela para um controle maior do que usaria normalmente.

Valentina apenas teve coragem para dizer:

— ... O senhor está se sentindo bem?

— Eu não estou bem — disse ele —, eu estou tinindo de bem. Vim aqui buscar a sua encantadora filha para que ela... me faça companhia, enquanto executo meu magnífico trabalho.

— Adeus, mamãe — disse Carminho.

Valentina afligiu-se contra a própria tenção.

— Não quer subir um pouquinho, tomar um café?

— Minha senhora, se eu tomar café não poderei fazer meu magnífico trabalho. Já estou atrasado.

A moça ia caminhando para o carro, desejando visivelmente fechar a conversa, mas Almir tinha a loquacidade peculiar dos não sóbrios.

— Por sinal que a nossa querida amiguinha vai ajudar a pegar comigo... o melhor ângulo do irmão.

Valentina puxou-o pelo braço:

— O que está dizendo?

Carminho interveio:

— Brincadeira, mamãe. A senhora leva a sério tudo que Almir diz. Vamos dar umas voltas.

O fotógrafo cumprimentou em cômica galanteria e disse com toda a solenidade:

— Vamos dar umas voltas por esta cidade louca e rebentada, mas a garota chega bem cedo. Não se preocupe.

Carminho o arrastava, quase, e ele ainda teimava em acrescentar qualquer coisa mais amável ao adeus. Mas a moça conseguiu levá-lo, enquanto a mãe, desistindo de maiores esclarecimentos, se encaminhou para o elevador, com viva sensação de saber que o filho mais velho estaria metido num caso qualquer, conhecido por esse fotógrafo beberrão que Carminho escolhera para namorar. Ela telefonaria para o escritório de Geraldo. Procuraria saber, mais uma vez, ainda que pressentisse sempre muito mais do que soubesse. Tomou o elevador, chegou ao apartamento, meteu a chave na fechadura e, porque tudo estivesse silencioso e parado, na sala de cortinas brancas e molduras de prata, na inerte cavalhada dos retratos grandes, médios e pequenos sobre a mesa, experimentou um grande alívio de repouso em hospital. Dirigiu-se ao quarto, apanhou a lista telefônica na mesinha, procurou o endereço e discou para o último emprego do filho. Geraldo respondeu do escritório da agência de publicidade. A mãe movia os lábios, falando de apreensões, e ele procurava desfazê-las com palavras circunstanciais e cerimoniosas. "Não havia nada. Estava trabalhando e deveria sair às seis. Ia a um lançamento literário. Quem? O livro de Bioncello. Desculpasse, estava ocupadíssimo."

Ela desligou, estirou-se completamente na cama. Havia acendido a luz porque não gostava do sol e correra as persianas. O coração começou a bater com mais violência. O terror estava apenas à espreita para alastrar-se dentro dela, oculto ainda numa escuridão qualquer do pensamento, mas num ponto para o qual viajaria sem retorno. Tomou mais uma pastilha de estimulante. Cerrou os olhos. Ficou alguns minutos assim, e a mão da mãe, fresca, tão macia no toque, acariciou-lhe a testa. Ela a viu, como de raro em raro acontecia, muito no alto, a cabeça beirando a parte de cima da janela. Viu-a em toda a sua face miudinha e vivaz de sobrancelhas enérgicas. Fechou novamente os olhos, porque a visão dos mortos se desagrega com muita rapidez: é como o ar, que torna pó, num segundo, um corpo de morto perfeito em sua figura. Pelo cheiro de sarro, soube que à mãe se havia juntado a companhia do tio Quincas. Sorriu porque adivinhou o quanto se iria divertir com o velho de boca suja, mas que tanto amara na infância.

2

Almir, o fotógrafo

Largaram-se rápidos Carminho e Almir no Volkswagen amassado. Ela ia aborrecida, mas Almir, em sua euforia, parecia não reparar.

— Você vai comer a melhor pizza do mundo.

— São quatro horas e eu já almocei, obrigada.

— Então você vai me ver comer. Eu fico lindo comendo.

Carminho se perguntava como se havia agarrado a esse rapaz que só lhe dava amarguras e — por que não dizer? — até mesmo vexames. Proclamou, empurrando-se para a frente, no assento, a frase mil e uma:

— Eu não devia mais sair com você.

— Também acho. Você quer? Desce aqui mesmo que estou com muita fome agora e não posso voltar. Desce — disse o fotógrafo, fingindo despreocupação, mas sabendo que Carminho não desceria.

Parou o carro, houve lá atrás uma freada brusca; alguém lhe atirou uma descompostura:

— Por que não vai guiar no hospício?

E ele, tranquilo, acrescentou à moça:

— Estou esperando, desça.

Carminho se viu desnorteada e infeliz:

— Quero, ainda, ter uma conversa com você. — E mostrou um interesse falso. — Aquilo... aquilo que você disse à mamãe. Que há com Geraldo?

— Garotinha, se você ficar bem calma, eu dou o serviço.

Mas, se não gostar de mim assim como estou, pode voltar para junto da mamãe, que, por sinal, é muito mais simpática que você... quando dá para amarrar a cara.

Carminho silenciou. Ele pôs o carro novamente em movimento. Poucos instantes depois, avançavam pela avenida Atlântica. Almir dirigia agora com violência propositada. Mas Carminho pensou que, apesar do escarcéu, mostrava pulso firme. Foi reparando no triste aspecto das avenidas com poças lamacentas e areia molhada nas calçadas. Uma desolação, como a que estava nela. Ficou silenciosa até o Leblon. Quando desceram do carro, em frente à pizzaria, os olhos da moça estavam plenos de lágrimas. Almir parecia não se interessar:

— O diabo deste garçom olha sempre para mim como agente do Dops, desviando. Não gosto disso. Eu cismo com esse sujeito.

Felizmente o homem não ouvira, pensava Carminho. Quando vieram as duas porções de pizza, pois que Almir, parece, se esquecera de que a moça almoçara, exigiu:

— Não acompanhar é falta de educação. Quem come sozinho é suicida. Está cheio de suicida comendo sozinho no Rio a esta hora. Comem e falam sozinhos, os desgraçados.

Carminho enfrentou, com maior facilidade do que supunha, a comida. E então, mostrando gravidade e firmeza, perguntou ao namorado sobre o que dissera a respeito do irmão.

— Dona Rose foi avisada.

— Quem disse?

— Não pergunte. Dona Rose tem sempre bons informantes, desde o Palácio até o Dops. Vai haver um carnaval lá em frente ao Copacabana Palace. E, segundo dona Rose, o nome de seu irmão está no meio... A televisão já foi avisada. Tudo bem planejado.

Comia a pizza com a tenacidade de quem espera encontrar, por fim, muito meticulosamente, o bocado melhor ou, quem sabe, degustando-a, tal e qual o bebedor de vinho a estalar a língua experimentando o buquê.

— Este *aliche* é o melhor do Rio.

O garçom postara-se de costas, atento, parecia, ao movimento da rua. Almir o chamou:

— Por que você dá as costas para os fregueses?

O homem, de olhos baixos, moveu os ombros, com um sorriso de um canto só. Almir levantou-se. Chegou rente:

— Por que quando entrei você desviou os olhos? Por que não olha normalmente para a cara dos fregueses?

O garçom era um mulato* saudável, mas empalideceu de repente, ficou terroso:

— A gente tem de ser muito discreto... quando o freguês vem acompanhado.

O fotógrafo sentiu, com a resposta, que se havia evaporado toda a euforia alcoólica:

— Meu irmão! — disse. — Meu irmão! Mas você é delicado, homem, e eu não sabia! Fingir que não vê... Sabe que é raro no Brasil um tipo como você? Na terra da gente orelhuda? Orelhas crescidas de tanto escutar?

Abraçou-o, e o garçom ficava mais e mais perplexo e envergonhado, dizendo um "com licença" e voltando as costas, tomando seu pseudoposto de observação, na linha escolhida da elegância mental, enquanto Almir, tornando à mesa, não cansava de repetir:

— Meu irmão! E eu que estava pensando mal dele! Sujeito limpo, decente, sem querer olhar para nós, só para não encabular você... Uma beleza! Por isso mesmo, juro, nunca mais comerei outra pizza na minha vida a não ser aqui. Delicadeza assim nem existe...

Carminho riu um pouco. Dentro dela sempre renascia, afinal, a expectativa por aquela explosão de generosidade

---

* Há diversas teorias sobre a origem etimológica e histórica da palavra "mulato", mas todas remetem ao período colonial. O termo foi utilizado para descrever as pessoas nascidas da união entre indivíduos de pertencimentos raciais diferentes, geralmente entre europeus e africanos ou indígenas. A palavra era comumente usada para categorizar e hierarquizar pessoas com base em sua cor e origem. Estudos historiográficos e sociológicos demonstraram que o termo também foi e continua sendo utilizado para negar e invisibilizar a afirmação da negritude de pessoas negras, ao evidenciar o aspecto da miscigenação. A atuação política do Movimento Negro conquistou avanços na compreensão do termo, ao estabelecer políticas de autoidentificação para recenseamentos, por exemplo, que consideram pessoas pardas e pretas como negras. Nesse sentido, a melhor palavra para substituir o termo "mulato" é "negro".

humana, que vez por outra a cativava, no fotógrafo. E, mais corajosa, disse:

— Pois então fica sendo o nosso cupido.

— Hum, não use essa quadratura, menina. Sua mãe poderia dizer cupido, mas você... passemos a outra.

Ficaram comendo alguns segundos em silêncio, e Carminho via Almir a mastigar com seu vago sorriso — prazeroso no gosto e naquilo que lhe acontecera. Não alcançava o sabor, a verdadeira graça do acontecimento, para ela tão banal. De súbito, Almir perguntou:

— Que horas são?

— Você hoje está com seu relógio! Que distraído!

E, à resposta de Carminho, deixou mais uma vez a mesa.

— Dona Rose já deve estar uma fera comigo. Você tem papel e lápis aí? Espere... tenho a esferográfica... só papel...

Era o eterno Almir. Muitas vezes esquecendo relógio, papel, lápis, cigarros. Mas, quando saía com ele, fazia as provisões necessárias para o possível esquecimento. Abriu a bolsa, tirou a cadernetinha, estendeu-a para as notas. E de longe o observou, ao telefone, a face brotada do balcão de frios e salgadinhos; seus cabelos crespos, seus olhos redondos, a ouvir com extrema atenção. Depois, Almir levou o caderninho à parede e escreveu. Aquilo durou alguns minutos. Carminho cruzou os talheres; o garçom chegou, levou-lhe o prato, sempre sem olhá-la, num balé silencioso.

"Se pudesse, andaria envolvido por uma nuvem", pensou.

Almir trouxe a novidade. Antes da reportagem do Copacabana, teria de bater uma foto, ali mesmo junto, no Bar Trinta e Quatro.

— Mas, Almir, que é que eu vou fazer com você nesse bar?

— Nada. Se quiser, espere no carro. Vou entrevistar uma dona que faz *striptease*.

Carminho perguntou dignamente — o jeito senhoril de Valentina se incorporou à filha:

— E você gostaria que assistisse à entrevista?

— É claro que gostaria. A essa hora o Bar Trinta e Quatro é família só, e a dona, você precisa ver, tem seus predicados, não neguemos, não neguemos.

Se Carminho não tivesse dentro de si mesma algo que depois saberia vir a ser um tanto de ciúmes, não teria seguido o namorado ao Bar Trinta e Quatro. Vários sentimentos negativos a ligavam a Almir. Cuidou, num segundo, o que diriam dela os dois irmãos se a vissem entrar com o fotógrafo no Bar Trinta e Quatro para assistir a uma reportagem sobre a dona do *striptease,* como Almir chamava.

— O nome da mulher?

— A moça é a Bruna. Claro que é nome profissional.

Um quarto de hora depois, engolido o café, oferecido um cigarro ao eterno Almir dos eternos esquecimentos e pago o garçom com uma gorjeta para a qual — que pena! — o empregado não teve os olhos castos e cautos enquanto o casal não se distanciasse, foi a vez de pisar o para ela jamais aportado Bar Trinta e Quatro.

Desvestida estava a boate, a essa hora, de seus efeitos e de sua atmosfera. As pesadas cortinas corridas, varadas pela luz do sol; as mesas amontoadas a um canto, passava pela faxina das cinco horas. O homem gordo que superintendia os trabalhos de limpeza, logo que Almir entrou acompanhado da moça, mostrou a jovialidade mais explosiva:

— Antes de fotografar a Bruna, não querem tomar qualquer coisa? Conhaque francês especial?

Almir sorveu o conhaque, aproveitando para fazer algumas perguntas sobre Bruna. O dono do bar confidenciou:

— Aqui para nós, meu amigo; ela estava mesmo acabada, e eu, dando esta oportunidade, contra o conselho de amigos, nunca pensei que o sucesso fosse tão grande. Diziam que a hora era de travestis, sabe como é; estão por toda parte. Temos que pôr as mesas até nos corredores. Gente por aí até de olho grande no negócio...

Carminho observava aquele cenário de um sucesso difícil de reconstituir pela imaginação. Tudo lhe parecia feio e violado pela luz do sol. As paredes fendidas em alguns pontos; as mesas cobertas de lona azul mostravam um colorido desbotado e desigual. As coisas, ela sabia, seriam melhoradas pela meia-luz da noite. Mas agora o cenário era triste, feio e poluído.

Almir terminou o conhaque velozmente. Recusou a segunda dose, penteou-se. Na porta que dava para o corredor, uma mulher alta e pálida, de óculos pretos, apareceu. O homem gordo, sem som, produziu, em mágica instantânea, a surpresa de uma mesa arrumada, logo ali, para Almir sentar-se com sua acompanhante.

— Minha assistente — disse ele com muita firmeza.

A mulher de óculos veio vindo. Cumprimentou gentilmente e sentou-se.

— Tire os óculos.

Bruna os tirou, e o fotógrafo bateu uma chapa bem de perto. Ela inquietou-se:

— Isto está tão desordenado! Você não quer fazer uma lá no camarim? Eu pus umas flores, até.

Almir concordou. Iriam depois. Primeiro, deveria fazer umas perguntinhas. Bruna quis saber se Carminho escrevia na revista.

— Não confunda com dona Rose, que tem o dobro da idade desta.

E foi um mergulho em vida distante, que deveria ser inacessível para Carminho. Ela considerava com perplexidade aquela criatura que adquirira notoriedade, despindo-se em sua arte que poderia fazer supor qualquer refinamento. Numa cidade onde milhões de mulheres se ofereciam ao sol da praia, só umas raras pretendiam a glória da nudez? Por que seria? Não era nenhuma beleza. Tinha a face marcada, os olhos fundos e até mesmo uma certa opulência de carnes, um demais pelas ancas.

O fotógrafo e a mulher entraram em conversa rápida que Carminho não poderia acompanhar, até que chegou o ponto no qual Bruna explodiu em gargalhada silenciosa:

— Eu terminava a última parte do *strip* levantando a anágua no ar, quando ouvi uma voz que me desafiava, aos berros: "Baixe os braços, *se você é homem!*". Era você...

Almir concordou, rindo.

— Estava um bocado ruim para baixar os braços... mas andam dizendo por aí... e esse é o motivo da entrevista, deve já saber... que você fez plástica.

Bruna, com perfeita naturalidade, confessou:

— É verdade. Como não paguei ao dr. Studart, prometi fazer uma propagandazinha. Fiz plástica, sim. Nos seios, na barriga, nas coxas. Com um pequeno traço de maquilagem, as cicatrizes desaparecem, e, francamente, estou muito melhor agora do que há dez anos.

A entrevista dava um curioso mal-estar. Era como se um prestidigitador, em final de carreira, fizesse dinheiro mostrando seus truques. Bruna continuava:

— Peço desculpas à senhorita, mas a operação foi bastante dolorosa, principalmente no busto, onde o dr. Studart colocou dois discos de silicone.

— Silicone? Que é isso?

— Uma espécie de plástico. Qualquer senhora que queira melhorar o busto não vai apelar para o silicone, fazendo uma operação. Mas, como eu sou profissional, sabe?, fica mais bonito ainda. Como de uma menininha de treze. Aliás, travestis andam usando o mesmo sistema.

Carminho fechava os olhos, desejava poder observar os carros na rua, imitando o garçom da pizzaria. Almir tomava umas notas, poucas; por fim perguntou:

— Como começou a carreira?

— Bem, em casa todo mundo era contra. Eu tinha de fazer o *strip*, mas num filme... o diretor me viu, por acaso, na praia. Minha mãe e meus irmãos não estavam de acordo, mas meu padrasto disse uma coisa de que nunca mais me esqueci.

— E o que foi, Bruna?

— Ele disse assim... parece que ainda estou ouvindo: "Todo trabalho é honesto".

— Sábias palavras, sábias palavras — retrucou Almir, que se voltou, logo depois, para Carminho, como se a descobrisse de repente: — Tome um chope, boneca, que já volto. Vamos — disse à artista.

Apanhou a máquina, passou a mão familiarmente no braço de Bruna e foi atravessando o corredor, sumindo dos olhos de Carminho.

— Mamãe bem que tem razão. Eu sou uma idiota.

*

Se não houvesse o tal "carnaval" em frente ao Copacabana, Carminho voltaria para casa. Ficou ali na mesa, envergonhada, sendo assistida obsequiosamente pelo dono da boate, incansável em lhe oferecer coisas que variavam da *beneditine* à *acqua vita* até a Coca-Cola, como se, através da gradação das bebidas, ele lhe fosse sopesando a imaturidade. Afinal, Almir voltou sozinho, despediu-se e, empurrando Carminho, foi dizendo, feliz da vida:

— Eu sabia que você ia gostar de Bruna. Afinal, uma verdade: *gente diferente da gente também é gente.* Que horas são?

— Seis — disse Carminho — e no *seu* relógio, cabeça oca. — Volteava-lhe o braço. — A tal manifestação...

— Só às sete. Temos uma hora para nós. Vamos vadiar?

— Vamos.

Deixaram a calçada de mesas desoladas, vazias, passaram por um nervoso sorveteiro de avental tremente, exposto ao vento, abandonado. Atingiram a praia. Estenderam-se num platozinho de areia menos úmida, batida por um resto de clarão de sol. O verão quebrava o calor. Estava fresco, quase frio. Acima de suas cabeças havia bojuda nuvem negra.

Era estranho, pensava Carminho, esse seu flerte com um homem que jamais a tomara nos braços — havia cinco semanas que estavam saindo, e ela viajava por experiências de pessoas e de lugares, mais tarde recolhidas pacientemente nos recortes de revista e jornal. Estava fazendo um álbum de fotografias onde ela própria não surgia nunca, mas que se relacionavam com uma vida sentimental desprovida de senso. Evidentemente, Almir não era um efeminado. Longe disso. Por que não a beijava? Por que, ao menos, não lhe segurava a mão, por que não diria o motivo pelo qual se comportava com ela como um *amigo?* Pensava nessas coisas olhando o mar, e, repentinamente, Almir lhe disse:

— Gostaria de pegar você assim, de perfil, serena... e ao longe eu poria um cavalinho escapando. Ali naquelas palmeiras...

— Por que o cavalinho?

— Porque você se parece com um potro com essa crina dura. — Mudou de tom: — Esta história com seu irmão dá briga em casa, não é? Você gosta muito dele?

Ainda estava claro, mas o farol acendia sua luz, que passava e repassava, umas vezes branca, outras sanguínea. Carminho ajoelhou-se na areia:

— Se disser a você que sempre tive uma grande cerimônia com meus irmãos, você acredita?

— Lógico que acredito. Na minha casa tinha uma empregada que, quando minha mãe perguntou “Afinal, criatura, quem é o pai de seu filho?”, ela respondeu: “Um homem que eu conheci, mas de muita cerimônia”. Tudo pode acontecer na maior cerimônia.

Carminho pensou que o pior é que ela se divertia terrivelmente com ele. Tão terrivelmente que, às vezes, conseguia rir depois de ter sido humilhada, como acontecera na reportagem da artista.

— Menina, conte de seus irmãos.

— Bem, começa que sempre tive um pouco de medo deles. Não porque brigassem comigo; sempre foram bonzinhos. Sendo a caçula, eu me criei deixando que eles entrassem primeiro no banheiro; depois minha mãe me obrigava a esperar para desinfetar tudo. Você compreende? E dizia assim: “Filhinha, todo homem, às vezes, tem coisas pegajosas”. Nesse tempo meus irmãos já eram rapazinhos.

O fotógrafo chegou para mais perto:

— Palavras sábias, sem dúvida.

— Eles eram muito carinhosos comigo, mas sempre fiquei com medo, até que hoje... não tem uma vez que não entre no banheiro fazendo uma desinfecção tão grande... como se um homem, pelo fato de ser homem, já seja um doente.

— É um ponto interessante — disse o fotógrafo. Reparava, agora, no farol.

— O único homem da família de que não tive medo era Domingos. Sentava-me em seu colo. Ele me ensinava coisas. Falava de passarinhos... de flores e dizia — espere — dizia: "Vou curar você com minha bênção", quando tinha terríveis dores de garganta e a febre subia. Acho que me curou, mas ninguém reparava, nem eu. Era tão pequena!

— Eu gostaria de filmar naquela ilha — disse o fotógrafo, que não ouvira mais nada. — Li uma vez um conto... era uma história absurda, mas bem entrosada... que se poderia passar naquele farol. Com pouco dinheiro eu faria o filme. — Pegou a mão de Carminho, brincou com ela: — Você até que dava para ser a atriz principal do meu filme.

A moça viu o fotógrafo levantar-se, olhar com insistência para a ilha, dar alguns passos para lá e para cá, como estudando os ângulos. A ilha parecia mais nítida agora, porque era o único ponto luminoso, batido pelos raios do farol. Achou que ele poderia um dia vir a ser um diretor de cinema. Talvez o interesse com que cercava Almir fosse uma adivinhação, uma espécie de faro. Depois da pausa em que o fotógrafo deu suas passadas fazendo a mímica da sequência "ilha do ponto de vista da praia", Carminho, afetuosamente, pegou-o pelo braço:

— Então você quer ser diretor de cinema, hein? Você nunca me disse.

— Menina, eu estava brincando *de*. Ontem fotografei um que, dizem, é conhecido de verdade em Paris, mas vive aqui num apartamento pior do que o meu. No Brasil, o presidente devia fazer mais um decreto: "Fica proibido fazer cinema em todo o território nacional. Revogam-se as disposições em contrário". Seria bom para o gênio que eu entrevistei ontem e também para uns malucos como eu, que às vezes sonham com isso. Isso e outras besteiras.

*

"Conversado" o polícia à paisana, o Volkswagen subiu à calçada em frente à praia. "Cinco minutos" pediu Almir, "até sair o embaixador americano". Faltavam vinte para as sete.

O vento batia mais forte, e as bandeiras americanas e brasileiras, iluminadas cruamente, se entrelaçavam num balé acima da entrada. Fotógrafos esperavam já, do lado de fora, num certo nervosismo, tomando posição. Mais recuado, o carro de uma TV. Podiam-se ver, ao longo das pequenas lojas, postados, alguns indivíduos à paisana, que seriam reconhecidos como gente de polícia em qualquer lugar do mundo. Suas silhuetas escuras se recortavam sobre livros, joias, perfumarias esplendentes. Dessa vez, Carminho ficou no carro. Esperou cinco, dez, quinze minutos, e o coração lhe batia sempre mais rápido, numa angústia que não podia bem precisar. Seria por Geraldo ou por Almir? Alguém lá de cima do terraço — parecia o vulto de uma mulher — fez um sinal, brandindo um lenço, ela viu bem, e de súbito, em marcha compacta, eram uns oito ou dez, eles apareceram, os intelectuais que vinham lançar seu protesto. Traziam cartazes, e se diria que se rissem uns com os outros. Estavam alegres, sim, alegríssimos. Contra a parede do Copacabana Palace, os fotógrafos subiam uns acima dos outros, no raso, na altura normal e, lá por cima, numa medida extra-humana, como se fossem de elástico. Quem tinha razão era mesmo Almir. Tudo não passava de um carnavalzinho. Em vão, as luzes já acesas, a moça buscou, entre aqueles homens escrupulosamente bem-vestidos, de figuras decentes, como se diz, o irmão Geraldo. Viu, era verdade, à frente de todos, um tanto canhestro, menos entusiástico, muito pálido, o grande amigo de Geraldo, o Professor, como era chamado. Nesse instante, saía da frente do hotel o longo Cadillac do embaixador. Os manifestantes se aproximaram, houve algumas palavras que a moça não pôde escutar, e todos aqueles indivíduos postados à frente das lojas fizeram um círculo rápido e negro, no qual o grupo de manifestantes foi tragado e como que silenciado. Em poucos momentos, em automóveis postados nas redondezas, partiram todos, não antes de que se fizessem uns dez *flashes*. A cena teve a duração de menos de cinco minutos.

Almir voltou aquecido de entusiasmo profissional. Mas depois encarou Carminho:

— Se seu irmão foi preso antes... não tomou parte na brincadeira, é claro. Sei o nome de todos eles. O que me admira é que o Professor Santana tenha vindo.

3

Um homem com meias

Seis horas da tarde, e a Livraria Celta é o cenário de sucesso incomum em festa de autógrafos, com afluência de vasto matizado. Lá ao fundo, o escritor José Bioncello senta-se, pequeno e calvo, à mesa com alguém que atrai quase todos os admiradores. É o Zeca, jovem e saudável cantor e compositor, de longos cabelos oleosos, que obteve a maior popularidade no último Carnaval. Juntam-se a alguns escritores e artistas amigos de Bioncello, aflitas mocinhas recém-saídas das aulas, rapazolas em suíças, que empurram ilustres homens de meia-idade, estes a fazer questão de entrar na fila, como um ministro do Supremo Tribunal, que tomou, embora o dono da livraria insistisse em levá-lo ao escritor, o último lugar. Ao longe, compõem-se grupos, fotografam-se escritores; o uísque corre; há mesmo alguns salgadinhos que revoam no alto, por entre colunas pejadas de livros em desordem; esguias senhoras, com decotes flagrantes e estrita elegância, regendo, elas também, seus pequenos círculos admirativos, sugerem referências de cronistas.

Tão quieto em seu canto, passando as mãos pela lombada dos livros, pelo menos alguém está ali e não participa da explosão publicitária da tarde. É o Professor Santana.

Quem o visse a pôr e tirar os óculos, a apanhar e recolocar os volumes na estante, teria no instantâneo a exata medida do que significa este homem, sempre a viver mais na realidade dos livros que na dos homens. A roupa frouxa — o Professor havia emagrecido muito ultimamente —, um pouco desbotada, as orelhas como que sortidas da obscuridade e desenhadas fortemente no todo da figura, estava rondando por ali, olhando a seção política da estante e, por fim, tomando nota de dois ou três títulos.

Hoje, particularmente, a procura, rotineira em outras ocasiões, aparece meio febril e nervosa, na sua imagem de sempre, aquela que, há vinte anos, costumam contemplar os fregueses da Livraria Celta.

Geraldo surpreendeu-o e, como o Professor estremecesse, percebeu que estava mais nervoso do que supunha. Uma senhora alta, de calça comprida e longos brincos, veio saudá-lo e parecia não pretender mais ir embora. Como que a presença do Professor conferia a certa classe de intelectuais um respeito que muitos buscavam nas reuniões, até mesmo só pelo contato exterior. Afinal, depois de ter dito uma porção de coisas risonhas e cálidas sobre o último livro de Bioncello, a senhora foi encomendar um uísque, e o Professor e Geraldo ficaram a sós um instante — se bem que da fila do outro lado da livraria alguns conhecidos chamassem vez por outra o Professor Santana para dar um adeus ou fizessem, pelo menos, um aceno amigável, como o ministro do Supremo Tribunal, que fez questão de ser visto por ele, em sua afetuosa saudação de mãos entrelaçadas no ar, como se dali mesmo, do aperto daquela fila, viesse dar boa-tarde ao bom amigo.

A televisão filmava, agora, parte da livraria. O cantor dizia, de olhos meio fechados, algumas palavras vagas, constrangido. Bioncello ficava ao fundo, a calva maior, resplandecente, o corpo sumido. Era visível a inferioridade do escritor perante o artista. Algumas pessoas mais idosas sentiam-se humilhadas por motivo que não deveria ser tão obscuro, mas que não pretendia ser bem precisado, aliás. A mocinha de cabelos soltos e pestanas postiças, à frente do ministro do Supremo, queixou-se de que "Zeca não quer dar autógrafos senão no livro de Bioncello. Pensei que não tivesse de comprar; bastava trazer uma folha. Doze mil cruzeiros por um autógrafo do Zeca! O senhor não acha caro?".

A farta onda de assanhamento publicitário não chegava, como se viu, naquele ângulo da livraria onde o Professor e Geraldo conversavam, baixando a voz. Santana, por fim, falou mais audível:

— Eu teria escolhido outra ocasião. Não surtirá nenhum efeito mais decisivo com tantos desastres e inundações!

Continuava a bulir nos livros, e uma constelação de pintinhas pretas fascinava a visão de Geraldo naquela mão redonda e pálida que acariciava os volumes com sensualidade de mulher. O Professor continuou, pondo os óculos novamente e apanhando Geraldo pelo braço:

— Não podemos deixar de prestigiá-los. Eles estão sendo a única barreira... o verdadeiro protesto neste marasmo. Teoricamente não estou de acordo; mas não posso deixar de acompanhá-los... você não acha?

— É verdade, não pode deixar de prestigiar.

— Então, vamos?

— Professor, o senhor vai indo que eu sigo depois. Bioncello é meu amigo, e não quero deixar de dar meu abraço, o senhor compreende. Nós nos encontramos. Temos uma hora ainda.

Foi-se esgueirando o Professor Santana, procurando escapar às saudações e aos abraços, e Geraldo, conhecendo os corredores da livraria, deu a volta por trás da mesa de Bioncello, que, ligeiramente apanhado pelas câmeras de televisão, voltava a dar autógrafos — agora só para os amigos, pois que o glorioso Zeca debandara, tomando o rumo de outra festa e arrastara consigo parte sensível do público.

Recebido o volume de Bioncello, feito o clássico cumprimento ao escritor, agora mais à vontade, livre no meio dos colegas para tomar seu uísque, contar anedotas e saindo rápido, ele também, Geraldo foi puxado pelo braço:

— Você já vai? Vamos juntos?

Era o colega Sérgio Silva, do *Diário Nacional,* seu companheiro de turma no ginásio, um que passava por ser o gênio da geração.

Geraldo ficou ligeiramente intimidado, mas Sérgio não mostrou nenhum vexame em ferir o ponto justo. Cheirando a uísque e a salgadinhos, foi tirando o lenço do bolso, limpando os lábios.

— Espere — pediu. — Sei que você vai com o Professor a Copacabana. Moro junto, você sabe. Não custa nada levar, meu velho.

Dentro de Geraldo alguma chamada obscura atraíra Sérgio Silva. Ele próprio o teria fabricado, em sua perplexidade? Se não acompanhara o Professor Santana, não teria sido por aquele simples abraço a Bioncello, que lhe custara poucos segundos, afinal. Sérgio Silva, limpando os grandes óculos em operação obstinada, quando chegou ao carro — estava sempre dedicando às coisas uma atenção qualquer —, logo que o amigo fechou a porta, acrescentou, sorridente:

— Que vocês façam o que bem entendem, está certo. Mas meter o Professor na *coisa* não é honesto, você me desculpe.

Geraldo via com algum prazer o embaraço do trânsito, dificultado ainda, excepcionalmente, por novos desmantelos na cidade, depois das últimas chuvas. Contava com a demora para esclarecer sua posição no encontro com o grupo de intelectuais que levariam ao embaixador americano o protesto contra a guerra no Vietnã e a "infiltração na Amazônia".

Sérgio Silva ia dizendo:

— Teria algum sentido esta farrinha... desculpe, hein?... se não houvesse outros recursos muito melhores. Quem faz a esquerda, no Brasil, não são esses malucos que querem chamar atenção. Somos nós, na imprensa, metendo hoje um artiguinho, dando uma interpretação conveniente para ela, ajudando nos títulos, farejando o que está no ar, mexendo a comida que o público vai digerir. A cúpula dos jornais pode ser de direita, mas até uma criança sabe que donos e diretores de jornal não leem tudo o que se escreve.

O carro entrava agora no descortinado dos jardins da Glória mostrando aquela mistura de coisa preordenada, de fícus bem aparados, e, mais adiante, o parque recente, explosão quase brutal de plantas recém-metidas no aterro e capim brotado com a última força da umidade. Enquanto o amigo ia falando, como que aquela paisagem lhe perfazia o resumo da inteligência brasileira, com velhas disciplinas e aventuranças de moços, tudo coexistindo num panorama ameaçado — sabia-se lá se por uma revolução ou um cataclismo dos céus. Sérgio continuava:

— Cheguei a uma conclusão: o Brasil, menino, só tem dois partidos. E não são nem Arena, nem MDB.

Geraldo não pôde deixar de rir e dizer:

— E essa, agora! Você não está nada brilhante hoje, rapaz!

Como o trânsito novamente apertasse, o outro freou o carro e, numa sonoplastia que ajudava o discursinho:

— Brilhante como nunca, meu caro. O Brasil tem dois partidos mesmo: o Exército, que está organizado até no meio da indiada brava, e a Igreja... com sua organizaçãozinha supranacional, que vai até o Xingu e adjacências. O resto é besteira, nem adianta pensar. Conjunto vocal...

Corria-se agora por Botafogo, e a visão do céu permitia pensar em chuva iminente. Geraldo desejou que caísse logo uma daquelas maciças tempestades, um toró de fim de verão. Quem sabe se a chuva não dispersaria essa extravagante empreitada contra o embaixador americano?

O outro, Sérgio, era sempre senhor de si. Tinha a capacidade extraordinária de vir a ser despedido do emprego, de passar de jornal a jornal com ideologias opostas, límpido, infatigável e, principalmente, benquisto através de dívidas e fugas ocasionais. Isso fascinava bastante Geraldo, que se permitiu algumas frases por meio das quais o outro lhe apalpou a vontade:

— Se você estivesse no meu lugar, não ia, estou vendo logo.

— Bem, menino, em primeiro lugar, eu me considero de esquerda, mas não marxista, como você diz que é. Em segundo, tenho o maior respeito pelo Professor... mas não sou ligado a ele por nenhuma amizade de infância. Em terceiro, democracia para mim é Estado forte cujo governante o mundo no exterior não conhece... Nem Johnson, nem Mao, nem Kossiguin. Você sabe algum nome do colegiado suíço, por exemplo? Ou o do primeiro-ministro da Suécia?

À entrada do túnel, nova pausa. Havia uma cerimônia — casamento ou enterro, não se sabia bem, porque pessoas de escuro, extremamente circunspectas, saíam ou entravam na Igreja Santa Teresinha, apressadamente. Um atroar de buzinas, um coro de recriminações e criaturas de meia-idade dificultosamente apanhavam seus carros. Sérgio afirmava:

— Posso garantir que é casamento, sim senhor, ainda que pareça um funeral. Não há nada mais triste que casamento no Brasil. Todos os homens vestindo escuro e a mulherada de preto.

Com certo mal-estar, Geraldo leu aquilo que parecia não ter sentido para ele até aquela tarde:

Bem-vindo a Copacabana.

Estava rigorosamente dentro da hora e iria tomar parte numa demonstração política à qual se havia ligado através de uma amizade. O destino do brasileiro seria sempre esta *obrigação do você é ou não é meu amigo?* Ele não teria o direito de faltar à última hora? Pensou na mãe, encontrando nela um elemento a mais para não tomar parte no comício de protesto:

— Só existe, Sérgio, um motivo pelo qual eu chego a pensar... em pesar a minha posição no caso. Devo muito ao Professor... mas, sem dúvida, devo mais à minha mãe. Sou o mais velho em casa. Agora tem tido muitos aborrecimentos, se queixa de doenças, e isto vai ser terrível para ela.

Desde esse momento, Sérgio não teve a menor dúvida. O amigo não queria ir. Talvez estivesse esperando que ele o dissuadisse:

— Você já pensou que isso pode significar até uma cassação política? Como é possível que você se engaje sem poder de barganha num movimento como este, de um idealismo suicida?

Mas havia na voz de Sérgio quase que a degustação de uma vitória sexual. Ao contrário, sorrindo, ele disse:

— Não interfiro na vida de ninguém, mas, se você quiser tomar um uísque e conversar lá em casa...

Estavam atingindo, vindos da praia, a rua Rodolfo Dantas.

— Você poderá ser útil ao Professor.

Sérgio freou o carro.

— ... Tenho relações. Se você ficar de fora, poderá, quem sabe?, ir buscar o Professor. Esperemos que ele possa sair logo...

— Eu vou tomar mesmo o seu uísque antes do encontro. Acho que da janela do apartamento posso ver o pessoal.

Sérgio sorria molemente, como um homem sorri depois de uma conquista sem importância.

— É claro, meu velho. Se se arrepender, inclusive pode assistir de camarote.

Aquilo fustigou Geraldo de tal maneira que, por um relance, desejou simplesmente, sem apertar a mão do amigo, atravessar a rua onde, atingindo a calçada da livraria, nos fundos do Copacabana Palace, estaria ao lado do grupo.

Mas, dentro dele, uma voz pedia que esperasse um pouco ainda. Teria tempo de refletir. Desejava tanta coisa na vida que poderia vir a ser impedida por esse seu gesto de adesão a um movimento destinado a um fracasso total, até mesmo dentro da opinião pública, machucada pelos cataclismos. Entraram no elevador, chegaram ao terceiro andar. Sérgio abriu a porta do apartamento e disse, sempre sorrindo:

— Pode abrir a porta para o terraço, enquanto eu preparo o uísque.

Geraldo escancarou a porta da sacada. A rua não apresentava nada de anormal senão o fluxo dos carros voltando da cidade. Esperava, em vão, que caísse a chuva. As nuvens amontoadas no alto, escuras, deixavam entrever crua luz que brilhava logo embaixo, independentemente daquela escuridão do céu.

Sérgio veio de dentro da sala, de junto do barzinho, a dose de uísque puro e gelo cantarolando nos copos; apresentou a bebida ao amigo, bastante pálido e obcecado por examinar agora o ângulo da calçada da avenida Copacabana com a rua.

— Lá estão eles — disse Sérgio. — Não é possível assistir a loucura maior.

Eles vinham vindo, bem juntos, com cartazes e faixas, e aquilo fazia um tom carnavalesco e álacre ao todo. Os passos eram largos, ágeis, e à frente do grupo o Professor, como um espantalho dos campos, se via — de longe, tão diminuído pela magreza, as roupas batidas pelo vento, tornado, sem o ser, o dirigente dos poucos manifestantes. A atenção de umas e de outras pessoas foi distraída por eles. Duas mulheres da vida que faziam ponto na outra margem da avenida Copacabana correram, juntamente com moleques, para ver o que era. Caixeiros saíram das lojas; o homem da carrocinha de Kibon avançou uns passos para conseguir ler os cartazes, e o grupo, por fim, chegou à avenida Atlântica. Diziam-se frases que o vento truncava estranhamente e viravam vogais repetidas. Da sacada, aquilo aparecia como uivos esfacelados pelo bramido do mar e pelas vozes de Copacabana, toda viva naquele momento.

— Você perdeu a oportunidade — disse Sérgio. — Eles já estão em frente ao Copacabana. É questão de minutos... e tudo está acabado.

*

Houve um alvoroço maior, pessoas correram para a outra calçada da avenida Atlântica; personagens logo identificados como polícias à paisana se deslocaram; em alguns minutos, porém, tudo se consumou após a saída do grande carro da embaixada americana, que atravessou facilmente a rua, debaixo da curiosidade espicaçada e nervosa dos passantes. Sérgio foi caloroso com o amigo:

— Estou deixando correr alguns minutos para telefonar ao Ornellas. Ele me vai dizer com toda a franqueza o que acontecerá ao Professor.

Estiveram tomando vagarosamente o uísque e fumando, com um caminhar diferente de ideias e de tenções.

— Você sabe, rapaz, vem novo governo, as coisas podem mudar muito, e há oportunidade para gente nova como nós.

Falaram sobre várias coisas, e tudo tinha a falta de sentido das palavras que preenchem uma espera. Geraldo observava os quadros do amigo. Valeriam uma fortuna! Mas ele assegurou:

— Tudo dado de presente, acredite. Onde poderia arranjar dinheiro?

Deu para perguntar sobre Carminho:

— Aqui entre nós, aquele fotógrafo é um doente mental. Caso de internação... Nem sei como a Rose aguenta... Não sou irmão da menina, mas em seu lugar dava uma olhada...

As palavras, porém, não encontraram eco em Geraldo. Estava preocupado com uma única ideia: o Professor.

A um quarto para as oito, Sérgio telefonava. Demorou-se no telefone, como se a chamada passasse por várias pessoas, várias mesas, várias barreiras, até que, afinal, disse polidamente:

— De minha parte, vai aí um amigo. Eu agradeço muito... Como se fosse para mim. Agradeço a compreensão. É um absurdo confundir o Professor com os outros. Ele nunca foi um subversivo. Então, daqui a um quarto de hora? Está bem. Olhe, se você precisar de alguma coisa para o *Diário Nacional,* chame para este número...

*

Às oito, Geraldo, acompanhado por um funcionário já à espera, descia ao gabinete do delegado Ornellas. Ele não estava na sala. Esperou no sofá de palhinha, ao lado de moça chorosa, as faces pisadas. Saberia, depois, que se tratava da irmã de um dos intelectuais presos com o Professor. Havia, em tudo, nas pessoas que se encontravam e falavam umas com as outras, a atmosfera pela qual se ostenta não ser *bem* falar no assunto.

Ouviu dois ou três comentários sobre futebol, perguntas sobre últimas nomeações, e os ocasionais diálogos dos funcionários atravessavam os ouvidos com a constante de que naquele lugar não se falaria jamais no essencial, ou por outra — só determinadas pessoas deveriam tocar em tão repugnante matéria.

Ornellas chegou. A cabeça branca, limpo, saudável, recém-saído de um banho, respirava delicadeza e dignidade pessoal. Perguntou, tomando o cartão em cima da mesa:

— O senhor é que vem da parte do Sérgio Silva?

E, à aquiescência do rapaz, acrescentou:

— Sou um admirador do Professor Santana. Mostrou um livro em cima da mesa. Aprendi a redigir com ele... E tenho sua *Antologia da literatura*. O senhor espere, que ele já vem. É uma pena que o Professor, depois de ter chegado a esta idade, se ligue a homens irresponsáveis... O que dá, entre nós, apoiar amigos que não têm um mínimo de traquejo político!...

A moça pediu licença, perguntou sobre o irmão.

— Minha senhora, se eu estivesse em seu lugar, iria para casa — disse ele com extrema delicadeza. — Há alguma demora nas averiguações, mas não por nossa culpa. Francamente, não sabemos se terminam hoje... Por favor, telefone depois pedindo notícias. Fale aqui mesmo, para meu número.

A moça levantou-se. Parecia sonâmbula. E, ao cruzar a porta, recuou para dar passagem ao Professor. Ele vinha acompanhado de um funcionário obsequioso. Estava muito pálido, a face tremente. E, quando chegou em frente da mesa de Ornellas, foi que Geraldo reparou: estava sem sapatos.

Estar sem sapatos era algo como ser e não ser o Professor Santana — mutilação de uma figura sempre bem-composta. Jamais Geraldo o vira, desde a infância, sem o paletó, em mangas de camisa, nem mesmo no verão mais irrespirável.

— Doutor — disse Santana, com muita polidez —, "este moço diz que não sabem dos meus sapatos. Devo explicar que primeiro eles me tiraram o cinto, depois os óculos e finalmente os sapatos. Como estivesse sem óculos, não vi onde puseram os sapatos...

Assim era. O Professor não erguia a mão, não alteava a voz. Falava manso, dentro da dignidade machucada, de seu amor-próprio humilhado. Ainda em meias — meias de malha carmesim, com estrelinhas brancas e pretas; Geraldo jamais se esqueceria do detalhe —, o Professor se exprimia como homem educado que era, e isso exasperou, talvez, aquele Ornellas, cuja figura era mais do advogado elegante do que do polícia. Chamou funcionários, entrou e saiu da sala. O Professor agora esperava com Geraldo, no banco de palhinha. Ao lado, o moço via a mão redonda, de pintinhas, tremer pousada no joelho e, embaixo, a ponta do pé coberta pela meia carmesim.

Durante segundos, a visão daquela mão pálida marcada já pelos anos em suas pintinhas, a calça marrom e as meias cor de vinho ponteadas de claro o fascinaram como se o conjunto se amplificasse tomando conta da sua visão e que tudo mais se desvanecesse. Só aquela mão trêmula e os pés desguarnecidos de sapatos assoberbaram os confins da imagem do momento. Sabia-se lá o que era — se vinha da rua, se de um transistor pequenino de algum funcionário —, uma cantilena soava entre o tom de missa e o de futebol, na enxurrada de palavras não compreendidas. Geraldo pensou que elas fossem ordens despachadas de qualquer ditafone ou, talvez, gravação de algum depoimento. Nada disso. Devia ser futebol mesmo, e ele estava querendo ouvir demais. Mas também podia ser voz de padre — um sermão, uma palestra? Os pés carmesins mostraram leve impaciência, fizeram uma sorte de balé pequenino, sem que o corpo se levantasse:

— É incrível — disse o Professor. E fixando bem os óculos: — Vejo que não lhe falta nada. Você conserva os documentos? Tudo?

Dentro de Geraldo, como que um volume enorme rolou em maré montante, avassaladora. Agora o detalhe se fazia gente. O Professor existia com a exigência de fidelidade, extravasada naquela simples pergunta. Ele deveria desfazer o engano, dizer simplesmente: “Mas, Professor Santana, eu não cheguei a tempo”. Entretanto, calava-se, sufocado, ansioso.

O delegado Ornellas não voltou com sua obsequiosidade. Um contínuo meio estremunhado, de cabelos despenteados, borrão de beiços vermelhos na face pálida, entortou a gaforinha cinzenta:

— Sinto muito, Professor, mas seu calçado não apareceu.

O Professor Santana não se moveu. Aquilo para ele era decisivo. Ele não poderia sair dali sem os sapatos.

— Rapaz — disse —, talvez haja alguma confusão... Com os pares usados... dos meus companheiros; se é que vocês também retiraram os sapatos dos meus colegas.

— É, Professor, foi tudo retirado, mas já foi tudo encontrado. Só o seu foi que sumiu.

Geraldo não conseguia mais conter a onda avassaladora de um mal-estar físico e de uma piedade que ia além de suas forças:

— Professor, vamos assim mesmo.

Santana não se levantava, e ele o puxou quase pelo braço.

— O senhor compreende, não devemos mais ficar aqui.

O Professor levantou-se lentamente e, embora estivesse com seus grossos óculos, foi atravessando a sala, os corredores e, por fim, o saguão da entrada, apinhado de papéis que seriam talvez alguns volantes derramados antes da manifestação, como um autômato. Geraldo procurava juntar-se a ele, protegê-lo da visão de possíveis repórteres que estariam à espera na entrada. Em vão. Quando desceu à rua para apanhar um táxi, viu que um fotógrafo mágico, sortido do chão, estalava um *flash* na face do Professor, como quem dispara um tiro mortal. Houve uma dúvida ainda, mais uma a acrescentar-se a todas elas, sobre se ele deveria conversar com aquele homem impiedoso, capaz de plantar em todos os jornais do Brasil a imagem sem sapatos do Professor Santana, que ninguém até hoje — nem mesmo seus discípulos mais íntimos — havia visto em mangas de camisa ou num simples pulôver no inverno. Mas o Professor Santana estava tão pálido, não deveria perder tempo. Puxou-o para dentro do táxi, enquanto o demoníaco fotógrafo pegava um instantâneo da entrada no veículo, captando, decerto, a imensidão de um pé com meias.

Geraldo deu o endereço da rua Barata Ribeiro, e o motorista ficou voltado no assento, olhando para ele como se não entendesse, entretido talvez em observar aqueles fregueses saídos da polícia — um deles sem os sapatos.

O Professor arquejava mansamente. No entanto, Geraldo sabia que ele jamais tivera asma ou qualquer bronquite, dessas comuns nas pessoas de idade.

— Que é que está olhando? Já dei o endereço: Barata Ribeiro... Vamos, homem, vamos, estamos com pressa.

O motorista hesitou. Sabe-se lá, na cabeça dele estaria plantada a ideia de que aquele homem de cara tão respeitável bem poderia ser um assaltante — pois não é isso que fazem com os ladrões: tirar o cinto e os sapatos? Boa coisa ele não havia feito...

Mas Geraldo não deixou que ele levasse muito além a perplexidade.

— Vamos embora, rapaz. Aqui está minha carteira. Este senhor... está doente dos pés.

— Ah!

O carro se pôs em marcha, e, apesar do movimento da rua, e até mesmo do ruído das primeiras gotas de chuva e do formigamento apressado das pessoas barafustando através dos carros na ânsia de fugir do temporal certo, Geraldo podia perceber distintamente um chiadinho que começava manso e depois bem pronunciado no Professor; qualquer coisa entre o chiado e o gemido. Ele se curvava, se fazia pequenino, no canto do velho carro, não dava uma única palavra. Só aquela espécie de fervurinha humana era a sua expressão. Andaram, assim, alguns minutos, até que, ao chegar perto de casa, o Professor Santana botou a mão no peito e disse:

— Estou me sentindo muito mal.

A cabeça pendeu um instante, a mão crispou-se à altura do coração, e ele ficou encolhido.

— Pare! — disse Geraldo ao chofer. — Vamos a uma farmácia. — E numa transição de desespero: — Professor, acho que conheço um médico aqui perto, em Botafogo.

O motorista havia conseguido meter o carro numa rua transversal; voltava-se para os fregueses e olhava com uma curiosidade meio maléfica. O Professor deu três tapinhas na mão de Geraldo:

— Vai passar, não precisa, vai passar.

Geraldo não havia visto nunca alguém em crise cardíaca, mas tinha o pânico da morte. Seu pai se havia suicidado, e a morte que lhe ficara na infância fora como algo não mencionável, terrível e flagelante para os vivos. E se o Professor morresse ali com ele?

Tirou o lenço do bolso, derreou sobre seu ombro a cabeça do Professor, enxugou-lhe a fronte lívida, banhada de suor. Sentiu sobre a perna outro tapinha, como que lhe dizendo obrigado, e ficou esperando, sem querer rezar, porque não acreditava em Deus e considerava a prece a última das fraquezas humanas — aquela que jamais cometeria entre todas as suas, que eram muitas, ele bem sabia.

— Como é, chefe, vamos para algum hospital?

Foi o próprio Professor que respondeu, a cabeça ainda derreada no ombro de Geraldo:

— Esperem.

Esperaram. A fraca luz da rua alumiava a face inerte do Professor Santana, vista contra a abertura do carro. De súbito, ele como que sentiu mais forças, formou frases:

— Não quero hospital. Quero ir para casa.

Geraldo, contudo, esperou um pouco. Tinha receio de que o abalo do carro pudesse prejudicar aquele homem que voltava a levantar a cabeça, com lentidão e gravidade.

— Desculpem ter pregado um susto.

Quando Geraldo e o Professor Santana entraram no apartamento, foi quase uma tragicomédia no meio das aflições assegurar logo o repouso para o doente. Primeiro, tomaram o elevador de serviço, pois o Professor Santana não queria ser visto descalço. Depois, ao penetrar no pequeno apartamento, teve Geraldo de desocupar uma poltrona inteiramente recoberta por jornais e revistas. Sentado nela, o Professor, que arquejava mansamente, pediu água e mostrou na mesinha de cabeceira o tubo de um medicamento que o rapaz estendeu, tremente ainda de aflição. Geraldo deu-lhe a água, o remédio. O Professor, sem forças para abrir a tampa, disse apenas:

— Duas.

Geraldo colocou na boca do velho amigo as duas pastilhas verdes, ele engoliu o medicamento, fechou os olhos. Aos poucos, o rosto voltava à cor quase normal. O moço quis deixar o Professor para dar um pouco de ordem na cama atulhada por livros e escritos de toda sorte.

— Não, fique aqui comigo, rapaz, espere.

Era o velho Professor e era também uma criança sem sapatos, que não queria ficar só. Geraldo manteve-se hirto a seu lado:

— Agora o senhor já está bom, não é?

A mão do Professor falou por ele mais uma vez, batendo quase com alegria na mão daquele que julgava companheiro de ação política:

— Fale, rapaz, conte como foi.

Ele estava pedindo notícias suas, evidentemente. Como teria sido tratado, que perguntas, que maus-tratos ou que misericórdia na humilhação teria ocorrido dentro da experiência de Geraldo com a polícia?

Novamente, atordoante onda daquilo que Geraldo sabia agora vir a ser uma vergonha jamais experimentada o submergiu. Mas, do abismo daquele sentimento que se mesclava tristemente ao medo de vir a ser testemunha da morte de um amigo, repontou a defesa fácil:

— Professor, meu caso não interessa; interessa a sua saúde.

— Rapaz — disse o Professor, agora decididamente com voz mais forte —, no banheiro tem um banquinho.

No banheiro havia um banquinho, sim, quase totalmente encoberto por uma quantidade de toalhas, algumas mais limpas, outras mais sujas. Geraldo veio com a banqueta, pousou-a junto do mestre. Ele sorriu com aquela gratidão que as pessoas convalescentes às vezes apresentam:

— Perdoe o incômodo. Francamente, eu estou muito contrariado… por esse incômodo… que lhe dei.

Geraldo, passada a crise, sentiu violenta necessidade de uma ação:

— Professor, agora que o senhor está bem, vou chamar o médico.

— Não, rapaz, espere um pouco mais.

Ajeitou-se na poltrona, dono já, parecia, de todos os movimentos:

— Você não vê que não posso receber nenhum doutor assim?

— Por que o senhor está sem sapatos? Mas aqui na sua casa não há outros?

— Só amanhã, rapaz. Os outros… a criada levou para mudar a sola.

Aquilo tocava as raias do absurdo e da teimosia. Deveria ser um sinal de senilidade. Por mais lúcido que pareça, todo velho tem lá as suas manias, e aquela, evidentemente, passava da conta:

— Mas o senhor está no seu quarto, pode receber qualquer visita assim.

— Menino — em extremos de eloquência o Professor Santana chamava "meninos" os seus antigos alunos —, você se espantou, mas isso passa. Já tive esta dor umas três vezes.

A mão redonda segurou a mão do aluno crescido, mas a fala pedia perdão:

— Se quiser me fazer um grande favor, fique aqui conversando.

Geraldo deveria ficar ali conversando. Conversar de quê? Não desejava falar na manifestação. Dentro de alguns dias, restabelecido completamente o Professor, diria que não se associara ao grupo porque se atrasara no caminho... questões do trânsito, miseráveis desculpas perfeitamente aceitas quando há compreensão e amizade. Então, disse Geraldo:

— O senhor vai me dar licença de pôr um pouquinho de ordem no seu quarto. Sabe, minha mãe sempre me disse que nasci ordeiro e que nunca viu ninguém mais amigo de pôr ordem... na desordem dos outros. Tive muitas brigas com meu irmão quando dormíamos no mesmo quarto.

Geraldo falava, agitava-se, recolhia papéis de cima da cama, estirava lençóis. O Professor o olhava, sorrindo mansamente como um pai a achar graça no exagero de um filho. Estava tão acostumado a conviver com a desordem, respirava livros; tinha a impressão de que lhe faltava até o ar quando não houvesse por perto algum papel com algumas letras para, por intermédio da janela mágica da escrita, adquirir a largueza e o prazer que outros só conhecem na natureza. Quando Geraldo terminou a arrumação da cama, foi à estante e esteve com um pedaço de pano limpando cuidadosamente as margens de madeira para que o pó não se soltasse pelo ar. Então, a voz do Professor se alterou comovida:

— É só o que tenho, Geraldo. Meus livros.

O moço se voltou. Sentia que a ideia da morte estava ali, embora o Professor Santana visivelmente não parecesse mais estar em perigo.

— Só tenho meus livros, que valem... alguma coisa nos dias de hoje, alguma coisa. Se eu não estivesse tão cansado enumeraria... alguns de muito valor. Venha cá, rapaz.

Geraldo voltou-se. Santana tirou os óculos e fixou Geraldo com os olhos de bom animal batido e sofredor:

— Os bens de minha vida são estes: meus livros e uma tesourinha que foi de minha mãe. O resto, gastei tudo.

Sentia-se nele um pudor que ia ser vencido, depois de tanto ter assustado Geraldo, de tê-lo praticamente envolvido naquela empreitada que havia custado ao moço uma prisão talvez mais humilhante porque graves palavras deveriam ser ditas a qualquer preço:

— Se acontecer qualquer coisa... dentro desta gaveta procure uma carta. Eu, que sou tão desordenado... já está com firma reconhecida. Os livros ficam seus, Geraldo.

O moço foi violentamente atingido. Jamais esperava fosse ele, entre tantos e antigos discípulos do Professor, o escolhido para receber seus livros, os seus preciosos livros. Reagiu com um riso muito nervoso:

— Professor, o senhor vai viver tanto, tanto. A idade não conta, o senhor sabe.

— Sim, não conta, mas os sinais contam, menino.

Geraldo foi invadido por uma sufocação, dessa vez quase impossível de esconder:

— Dá licença, Professor, que vou fechar a janela. Está chovendo aqui dentro.

Estava chovendo grosso, compactamente. Lá embaixo, os carros paralisados atulhavam a rua Barata Ribeiro, semi-inundada. Moças risonhas erguiam as saias e, com água acima dos tornozelos, atravessavam até as margens da calçada.

— Acho que não tenho outro remédio senão dormir aqui.

O Professor riu, deliciado com aquela prova de fidelidade filial. Conhecera Geraldo quando moravam todos no mesmo prédio no largo dos Leões. Afeiçoara-se ao menino, mais tarde dirigira-lhe os estudos, fizera com que conhecesse algo de Marx e Engels, transmitira-lhe o afeto de um padrinho — que não era, não tinha religião e inculcara no rapaz a sua fé negativa, a ortodoxa e imutável de velho bolchevique. Ele acreditava em algumas coisas e certamente muitíssimo no ser humano, esse pobre e maltratado Professor Santana, cujos livros valiam milhões, mas que só possuía dois pares de sapatos.

— Você me desculpe, Geraldo. Se ficar alguém aqui no quarto, eu não vou dormir. Imagine se eu posso suportar a ideia de ver você cochilando nesta poltrona! Vá embora, volte amanhã cedo, porque precisamos conversar, tomar providências sobre os outros... se eles continuarem lá.

Por que Geraldo não insistiu? Se dissesse que a rua estava encharcada, o Professor acabaria cedendo. Mas o rapaz não queria prolongar o que poderia vir a ser, desde que o amigo se mostrava tão melhor, uma verdadeira conversa. Teria de dar tempo ao tempo e, então, poderia assumir desenvoltamente a sua verdade de ausente àquele movimento em que o Professor pusera sua dignidade.

Pediu para ajudar Santana a vestir o pijama, preparou um chá na quitinete. Quando se despediu do velho mestre, ele lhe deu um afetuoso e último tapinha no ombro:

— Se eu tivesse tido um filho, queria que ele fosse assim como você.

— Não exageremos, Professor, não exageremos.

Geraldo afofou o travesseiro, puxou as cobertas sobre aqueles pés agora nus, com pintinhas escuras, que reproduziam a delicadeza do desenho das mãos. Disse um boa-noite, prometeu voltar bem cedo na manhã seguinte, fechou a porta e ainda viu o Professor Santana sorrir de perfil para ele, pois que a porta lhe ficava às costas. Quando se achou sozinho no corredor, encostou a face no muro frio e chorou esvaziando o sofrimento, como se tivesse cinco anos. Depois enxugou os olhos, dialogou consigo mesmo sobre o que não viria a ser uma deslealdade, e sim uma sensatez:

— Quem tinha razão era mesmo o Sérgio.

E desceu, esperando poder vencer a tormenta como todos os habitantes de Copacabana que, àquela hora, dez da noite, estavam na rua.

4

A nau dos mortos

Valentina sorriu porque sabia o quanto se iria divertir com o velho tio Quincas, de boca suja, mas que tanto amara na infância. Sabia bem que os mortos eram ela, vinham de seu pensamento; não acreditara nunca em fantasmas. Mas, de uns tempos para cá, quando mais lhe escapavam os filhos, bem se faziam presentes os queridos mortos. As "bolinhas" produziam o milagre. Ela largava as questões de casa, os problemas dos filhos — Carminho ao lado de seu beberrão, Geraldo com aquele professor comunista, Aloísio na mortificação de um namoro com uma doidinha, coisa a entrar pela cabeça do filho só por um desses desvarios de um ecumenismo que seria bom, admitia, para os pastores e os padres, mas jamais para gente comum em seus moldes de vida — e partia então para o largo da sua aventura. Tio Quincas, os cabelos à *brosse carrée,*[*] empinados e rijos lá no alto, bugre morenão e meio sujo pela pátina do tempo, transparecia contido entre o véu da cortina e a janela. E as sobrancelhas da mãe sombreavam um pouco a luz de través, mais forte e desigual da tarde de sol de chuva — pontilhando o leve tecido com uma indicação de gravidade serena. As sobrancelhas eram a presença materna; só de raro em raro possuía integralmente o rosto bem-amado.

— Você vem, Tininha?

* Corte de cabelo com formato quadrado raspado nas laterais e alto no topo da cabeça. (N.E.)

Era o tio que a tentava. O tio que lhe havia contado coisas de sufocar de rir. Aquele sujão querido que, à mesa, declarava, diante da testa franzida da irmã:

— Estou inspirado. Sinto um formigamento nos miolos...

— Quincas! Respeite as crianças. Elvira e Valentina não estão na idade de ouvir suas... bobagens.

— Por quê? Vou dizer os meus versos mais bonitos...

Protestos da Mamãe. Mas a *brosse carrée* baixava e levantava ao compasso das rimas:

Lá no alto daquele morro
Tem uma roseira...

As crianças levam o guardanapo aos lábios; Valentina e Elvira estremecem, segurando o estouro do riso. Tio Quincas prossegue:

Tanto mais a rosa cresce,
Quanto mais o cume cheira...

Gargalhadas rebentam a ordem doméstica. Mamãe ameaça deixar a sala. Tio Quincas coça os espetados cabelos.

— Se você não gosta, faço outro. Não precisa zangar.

Tio Quincas iria ceder à irmã mais velha? Aparentemente, sim:

Lá no alto daquele morro
Vai descambando a tarde...

As crianças estão quase desgostosas diante da capitulação. Elvira não dissimula e faz uma careta. Mamãe, porém, mantém as sobrancelhas unidas. Tio Quincas termina:

Tanto mais a tarde desce,
Quanto mais o cume arde...

Querido tio. Querido, tão saudoso, tio Quincas. Quanta vez não o vira proclamar, aborrecendo a irmã, diante dela e da irmãzinha Elvira, as sobrinhas preferidas:

— A vida é um mar de... (citação de Cambrone) com vendavais de... (citação impossível).

Pois ele agora vinha buscá-la. E a mãe, presente só em suas negras sobrancelhas, não o poderia impedir de escancarar a porta impossível:

— Está na hora de você conhecer a vida, menina.

Na infância, em frente a uma velha casa de Laranjeiras, havia certa vizinha que um dia... Bem, aquele fora o primeiro crime de que Valentina soubera. A mulher de má vida fora esfaqueada. Ficara uma menina da sua idade que, na rua, os moleques chamavam, depois, de Facadinha. Criança proibida para elas, eram recolhidas, Valentina e a irmã, da calçada para dentro, mal surgisse à frente a filha da mulher à toa. A porta impossível abria para a casa dessa Facadinha sumida de vista. Muitas vezes, ia para lá e sempre levada pelo tio. Transparecida a parede, Facadinha era vista, com sua cara redonda de menininha de oito anos, no corpo flácido de matrona, vestindo um penhoar de penas brancas na barra. Valentina sempre a via deitada sobre um sofá igual ao que conhecera na casa de uma tia-avó, um sofá antiquíssimo, de veludo vermelho, com bambolins pendentes, virado sobre si mesmo em meia-volta quase apertada. Estaria também morta Facadinha? Já havia feito a pergunta uma vez, e a menina-mulher à toa respondera:

— Quando eu aparecia na rua, já era morta. Não reparou que ninguém queria que vocês me vissem?

Facadinha tinha um criado, ou criada; Valentina jamais o soube. Chamava-se Lair, que é nome de homem e de mulher. Estava às vezes de peruca, às vezes tinha a calva à mostra. Em determinados instantes voejava, pondo umas asas, iguais às que usara Valentina quando, vestida de anjo, coroara Nossa Senhora. Punha as duas abas de pano recoberto de pluminhas de papel crepom e tirava quando bem queria, fechando-as e colocando-as no mesmo lugar onde tio Quincas pendurava o guarda-chuva.

— Você é homem ou mulher?

— Minha filha — dizia Lair, as asas bem espalmadas enquanto tio Quincas ria silencioso —, nunca se soube o sexo dos anjos. Como é que você vai adivinhar? É proibido.

Ele estava sempre entrando e saindo de pequenos boxes ou quartos onde se viam longas casacas penduradas, com velhos leques e palhetas enfeitando os tabiques e, vez por outra, vultos a esconder uma nobre presença indecifrada. Fugidias nádegas, ventres entremostrados, risos adivinhados pontilhavam esse desfilar de cubículos, em certas ocasiões tornados cabines de um trem e fugindo da sala, serpenteando para o nada. Era o que estava acontecendo agora. As portas cerraram-se sem ruído, casacas, nédias barrigas, palhetinhas e remoentes foxtrotes foram engolidos através de uma perspectiva que se abria na extremidade da sala: o balcão de Facadinha, no qual se observava a mesma paisagem costumeira da janela de Valentina: o morro todo verde, subindo atrás do edifício, e, mais acima, a grande pedra encravada, mas segura por várias colunas brancas.

Agora, a seu lado, estava Lair, a peruca loira enorme e cacheada, o rosto de pierrô bondoso; as curvas muito femininas, a cintura delgada, a mão bela, graciosa no gesto como de declamadora ou dançarina:

— Venha ver a coisa mais linda do mundo!

Valentina olhava a paisagem e não descobria nada de especial. Apenas a grande pedra borrando o horizonte e suas colunas ou traves de madeira — ela não sabia bem — a segurar a enorme estrutura, escaldante de sol dentro do verde.

— Não estou vendo coisa alguma. Tudo como sempre foi.

Lair oferecia um binóculo de madrepérola:

— Espie por ele, menina, espie.

Valentina, o coração batendo, olhava por entre as grossas lunetas e via distintamente: mirava duas meninas vestidas com peles, parecendo duas selvagens. Nelas reconhecia a si mesma e à irmã Elvira. Elvira, cabelos soltos, em cima de um velho boá, se pavoneava de um lado para o outro, enquanto ela, Valentina, com uma estola de *renard* branco, passeava feliz, entre reverências. Ambas riam, vermelhas, numa excitação de grande alegria. Valentina deixou cair o binóculo, que se dispersou em fagulhas de sol. A seu lado não estava mais Lair. Olhava a própria mão envelhecida com piedade diferente. Atravessou o quarto. Tudo retomara o aspecto usual. A velha mobília Luís XVI, os retratos dos filhos, os retratos do marido. Atirou-se quase chorando nos travesseiros.

— Você nos tem a nós — disse a voz da mãe, e as sobrancelhas se tornaram um arco piedoso como o dos olhos das madonas.

— Mamãe — disse Valentina, e o travesseiro tinha uma longínqua redondez e a doçura do colo da mãe —, estou doente; meus filhos têm lá suas vidas, e minha irmã não quer mais saber de mim. Há dez anos estamos separadas.

Pôde chorar livremente sobre os travesseiros, chorar como só o fazia no internato, aos onze anos. Mas a voz do tio Quincas, e até mesmo seu perfil agudo e moreno, se fez sentir entre as pregas da cortina:

— Você quer saber de uma coisa? Eu gosto muito desse tal de Almir.

Se alguém, algum dos filhos, abrisse a porta, poderia ouvir Valentina falar sozinha, os olhos plenos de indignação:

— Pois *aquilo* é o pior nesta casa, justamente *aquilo* é o pior!

A mãe se compadecia; as sobrancelhas alargavam-se como duas auréolas de santos:

— Ela tem toda a razão, Quincas. Carminho corre perigo com aquele bêbedo.

Os mistérios, parecia, se tinham extinguido. Valentina emborcava a cabeça, agora, na frieza da fronha de linho e chorava novamente:

— Por que o *pai* deles não conversa comigo como vocês? Por que não consigo saber o que o pai deles resolveria, aconselharia? Foi o que sempre faltou aqui: um pai...

Tio Quincas deixava de brincar. As sobrancelhas maternas se dissipavam, e o velho tio, com alguma incrível severidade, vinda de quem tudo permitia, proclamava:

— Os suicidas não voltam nunca. Eles não devem vir nunca ao nosso pensamento. M... para os suicidas do mundo.

Valentina sentiu-se desamparada quando percebeu que não poderia mais extrair do quarto aquela magia por meio da qual vertiginosamente viajava para a região na qual sabia não habitar o medo.

Fora dali, alguém estava andando, abrindo e fechando portas. Percebeu logo que se tratava de Aloísio, o caçula. Era o mais barulhento de todos. Dominou seu primeiro desejo de vir a saber o que estava fazendo o filho. Em seguida, enxugou uma última lágrima quase enternecida. Na cozinha, o liquidificador zunia em fúria feliz. Aloísio estaria preparando as suas vitaminas. A pia deveria estar cheia de frutas espalhadas. Latas, panelas, tudo em desordem. Esperou um pouco para dissipar a marca das lágrimas.

Foi exatamente como imaginara que ela o encontrou: o dorso nu, suando com um calor úmido que se fazia mais forte naquela dependência da casa. Aloísio cantarolava baixinho, enquanto verificava a esplendente mistura amarelo-verde-vermelho das combinações às quais ajuntava um pouco de leite em atenção meticulosa: goiaba, banana, abacate... tomate e leite. A mãe lhe foi dizendo:

— Pelo visto, Aloísio, você não janta aqui.

O caçula voltou o rosto largo, os olhos levemente amendoados. Pela testa corria a mecha dos cabelos escuros empastada de suor.

— Com este calor, quem é que tem vontade de comer comida de mesa?

A mãe apresentou um grande copo no qual o rapaz foi voltando o recipiente. Olhou contra a luz, dizendo de bom humor:

— Olha aí, mãe. Quem é que prepara coisa melhor do que isto?

A mãe o via degustar a bebida com uma inocência animal e cândida. Quando terminou, pediu:

— Aloísio, por favor, fique um pouco comigo. Estou meio nervosa, não me sinto bem.

Ele lhe deu um "cheiro" afetuoso junto do ouvido, um fungar rápido feito entre os últimos goles da vitamina e sentenciou, afetuoso:

— Você tem mania da doença, mamãe. Não quer sair de casa... Por que não vai dar uma volta, não vai passear com aquela sua amiga... como é mesmo que se chama? Magda? Aquela que tem mania de *servir* as vítimas dos desastres e dos crimes com toda a gentileza... — Fez um gesto como um mestre de cerimônias, como se fosse um *maître d'hôtel* oferecendo o *menu* a um freguês.

Valentina sempre fora sensível ao humorismo. Sentou-se à banqueta da cozinha, rindo também, embora tremesse um pouco, enquanto o filho continuava a falar, feliz, animado, desenvolto:

— Sabe, Valentina — disse ele imitando Malva —, aqui mesmo neste quarteirão, ontem teve uma *boa* vítima, com sangue, muito sangue, repórteres de todos os jornais... — Parecia que ela se sentia honrada pelo fato de que, entre todos os quarteirões da cidade, a vítima fosse justamente aparecer no seu.

Subitamente Valentina deixou de rir:

— Eu não queria dizer nada a vocês, mas como estou vendo que pelo menos você não se importa, pensando que isto é nervosismo...

— Não é nervosismo, não; são as "bolinhas".

— Amanhã vou ao médico com a Malva.

— Faz muito bem. Aposto que ele vai retirar de você, ou pretender retirar, o hábito das bolinhas, e tudo fica em paz. Basta olhar para você, mamãe, e a gente vê que não está doente.

Valentina teve a tentação de contar sobre os sintomas. Calou-se, passou a outro assunto.

— Aloísio, hoje telegrafei chamando Domingos.

O filho ficou perturbado. Encostou-se à pia, cruzou os braços, seus olhos oblíquos se tornaram fixos e graves:

— Eu gostaria muito de ter uma conversa especial com Domingos. Para dizer a verdade, talvez precise mais dele do que você.

Aloísio chegou junto da mãe, acocorou-se na cozinha. Tinha agora um quê sofredor de caboclinho bem pobre, de roça, muito simpático. Valentina concluiu:

— Por essas e outras coisas é que chamei Domingos. Acho que ele vem depois de amanhã.

O diálogo deveria terminar aí. O rapaz iria vestir-se. Em breve atroaria aos ouvidos de quem estivesse por perto com suas alegres cantarolas de banheiro. Tudo ficaria assim entre mãe e filho, se a benzedrina não desse um certo descontrole em Valentina:

— Você ainda não resolveu nada com a "doidinha", não é? Desculpe, quero dizer a "crente"...

Aloísio olhou para a mãe com muita dureza:

— Eu vou casar com ela, já disse.

Valentina cerrava os lábios. Queria proibir-se de dizer alguma coisa além de tudo que já houvera dito. Aloísio continuava:

— Não posso compreender como é que nestes tempos... hoje!... alguém veja dificuldade num casamento de católico com protestante...

— Num casamento misto, como se diz agora. Eu não vejo mesmo nenhum mal nesses casamentos.

A face de Aloísio se fazia sarcástica:

— Até que enfim! Bendita hora!

Valentina prosseguia inflexível:

— Não vejo nada de mau do ponto de vista comum, isto é, dos *outros*. Mas você, meu filho, que sempre foi tão intransigente, agarrado na batina de padre Augusto, você que rolava no chão brigando com Geraldo por motivo de religião, que vivia me perseguindo e à irmã por ter perdido missa? Você, francamente, não pode ser feliz, não está certo.

Ela o fixava duro, mudando, quase como a um inimigo.

— Sabe muito bem que um casamento assim não pode dar em família unida... É nos filhos que se deve pensar.

Aloísio levantou-se. Pisava com muita tranquilidade — um ser cauteloso, silente. Abriu a porta da cozinha, enfurnou-se no banheiro. Momentos depois a mãe ouviu o ruído maciço do chuveiro. Aloísio não cantarolava.

— Vai sair, vai visitar a protestante — concluiu Valentina.

5
A "deusa" e os amantes

Disseram alguns passantes a Aloísio: teria havido uma demonstração contra o embaixador americano. Ele esperou que estancasse um pouco a onda de curiosidade que fazia vir para a rua muitas pessoas em estado de exaltação e, depois, fazendo uma contramarcha, demandou a rua Siqueira Campos. Atravessou o túnel pensando um pouco no irmão. Que estaria fazendo Geraldo? De tempos para cá, desde que haviam começado a tornar-se mais graves as cisões entre Pequim e Moscou, Geraldo como que entrara numa sorte de marasmo. Quando tentava conversar sobre política, ele lhe fugia à perquirição, somando pergunta a pergunta:

— E você? Como vai com seu caso *conciliar?*

O caso conciliar era Laura. O irmão tinha as suas razões. O namoro houvera começado na Igreja do Milênio, onde, em noite de boa concórdia entre os homens, um rabino, um ministro protestante e um sacerdote católico se alternaram na pregação. Foi então que, acompanhando padre Augusto, seu professor, conhecera Laura. Por que seria que ela o encantara? Verdadeiramente, Laura não possuía nenhuma beleza capaz de fazer voltar na rua os seres comuns. Dir-se-ia que o entusiasmara pela sua desarmada falta de graça.

Nesse ponto da rememoração, Aloísio sorriu levemente, agradado da explicação que fornecia a si mesmo. Sim, para ser franco, bem se deveria reconhecer que aquela "Secretária da Imprensa", vendedora de livros e discos de pregação, quando fechava os olhos, estando embebida num daqueles hinos que para Aloísio soavam meio ferozes, parecia um ser morto, ou desfalecido, que por milagre cantasse pelo nariz. Os cabelos partidos ao meio, presos com um laço de fita às costas, o vestido abotoadinho de cima a baixo, Laura tirava, depois de acordar, donativos com seriedade quase agônica, pálida, suspirando de leve entre agradecimentos.

— Brinca de morta — disse para si mesmo, divertido. E continuava, enquanto subia a rua das Laranjeiras, já molhada de chuva: — Ela me parecia o oposto do excesso de vida dessas garotas de Copacabana. Uma luz apagada. Um "breve" contra o sexualismo de hoje.

Depois, as ideias de Aloísio se esmaeceram. Como dessa menina de vinte anos, a "morta-viva" — era assim que a chamava Valentina, que a vira de longe, com ele, na rua —, brotara atração perdida e tão grave? Como fora que haviam chegado ao extremo de se tornarem amantes? Não que ele fosse querer levar o *ecumenismo* a esse ponto. Seria grotesco — "Retiro a comparação, que Deus me perdoe". Mas aquela monstruosa defesa de Laura contra o seu eu diferente abrira a perspectiva excitante. Bem que dizem mal de nós, católicos. Seremos os menos responsáveis?

A rua ia subindo; grandes e velhos prédios apontavam. Ele continuava a rememorar os encontros, os beijos, as promessas de amor e até mesmo as decepções.

"Um dia li uma história em que, por um artifício do autor, o personagem de hoje, moderníssimo, conseguia tomar contato, enamorar-se e, por fim, realizar todos os desejos com uma mulher nascida na Idade Média. Ele nunca mais conseguira realizar amor com qualquer criatura de seu tempo... Ela era maravilhosamente estúpida, obstinada e cândida no pecado."

Na sua simplicidade, na sua secura, no seu pudor quase enfermo, Laura era um ser medieval. Era isso: uma figurinha de vitral antiquíssimo, roubada a uma igreja católica... pelos da Igreja do Milênio. Só agora ele se dava conta daquela voragem de apelos que significava a moça.

— Não sei — disse a padre Augusto, com quem se habituara a discutir fatos comuns da vida. — Aquela menina me dá a ideia de que vai dormir, desmaiar ou morrer. Ela me intriga.

Dissera isso ao começo, quando estava longe de supor o que Laura viria a ser para ele. Padre Augusto, o rosto um pouco inchado, o nariz róseo, fez um gesto de quem leva um susto:

— Nada disso! Ela é um pouco quieta e mais modesta do que as pequenas de sua idade. Os de sua seita são muito ciosos da discrição das mulheres.

Depois, Aloísio falou alto consigo mesmo:

— Quando nós nos reunimos, eles dizem sempre que a religião não entra em nossas vidas; que nós aceitamos, perdoamos tudo...

Dentro daquela liberdade costumeira, Aloísio disse então sobre a diferença notada numa determinada igreja católica, onde as recolhedoras de esmolas eram escolhidas pelo padre com segurança de prático em concursos de *misses*. Eram sempre as mais lindamente maquiladas, as de braços e pernas à mostra, às vezes exibindo joias vistosas... O sacerdote dizia, rindo, que a beleza é de Deus; que até os *santos* devem ser bonitos para impressionar. Mas aquele era um desfile muito profano, e Aloísio mudara de igreja, aos domingos, porque se perturbava em saber qual seria a última *miss* "convidada" pelo padre.

— Não eram só bonitinhas. Desculpe, padre, mas *sexy* também.

— E o que tem isso? Deus baseou a continuidade do mundo no sexo, que não é um mal; é uma divina invenção. Os padres, pelos tempos, obrigados a guardar castidade, fizeram do sexo um tabu; o sexo é um mal... — Padre Augusto ficou indeciso — ... quando é enfrentado sem nenhum respeito...

Tudo ficava meio encoberto. O sexo não era um mal... mas como poderia ser tratado com respeito? No casamento?

Só? Se o sacerdote não fosse homem de tanto saber, ele comentaria aquela conversa e encontraria alguém com quem rir. Tomou por uma ruazinha estreita. A chuva engrossara; e pelos cantos das calçadas corriam enxurradas lamacentas. Era uma ruazinha sem saída. Ao fundo, contra uma larga mangueira solitária, rente ao barranco despejando água suja, o vulto branco de Laura, a cabeça coberta pela aba preta do guarda-chuva. Iria dar com ela uma volta de carro. O para-brisa desvendava e desmanchava em seguida a figurinha de impermeável branco, que ia crescendo. Quando chegou perto, Aloísio virou a direção do carro, encostando. De dentro da cortina de lama e água, Laura brotou, avizinhou-se, fechou a sombrinha, sentou-se ao lado de Aloísio, sem um queixume sequer contra o mau tempo. Ele a beijou na face; ela desviou a boca em seu pudor invencível, ainda mesmo depois de três meses em que eram amantes. Ele a observava bem junto: o rosto de pena, entortado:

— Papai e mamãe não podem vir, coitados.

— Que aconteceu?

— É a chuva. Em Petrópolis está muito pior que aqui. O rádio está dando que em alguns lugares há mais de um metro de água...

— Mas eles estão bem?

— Muito bem; estão no alto da Mosela e me telefonaram agora mesmo.

Três meses depois de tanta intimidade, ainda avançava cauteloso nesses encontros:

— Se eles não vêm... por que, em vez de ficarmos rodando na chuva, não vamos à sua casa?

Ela levou a mão à boca, silenciosa. Parecia uma enfermeirazinha, indecisa em qualquer questão profissional, dentro de seu asséptico impermeável branco. Com muita gravidade, confidenciou:

— Quando estou longe de você, é melhor. Tenho paz.

— Meu bem — Aloísio passou-lhe a mão pelo ombro —, logo que seus pais voltarem, falaremos em nosso casamento. Não ficou combinado?

Ela se deixou abraçar, beijar, os lábios inertes. Vinha de seu todo um cheiro de terra úmida que a tornava mais e mais desejável; ela o esperara pelo menos meia hora sob o barranco.

— Ainda não sei se eles aprovam. Pode ser que o pastor...

O rapaz jamais vira esses pais fantasmagóricos, sempre tomando parte ativa em pregações, cerimônias e batismos fora do Rio, com um entusiasmo festeiro e renovado em preparar o fim do mundo. Dissera Laura que o pai andava de porta em porta distribuindo panfletos: "Por que deixei de ser católico romano". Aloísio não podia imaginar tal ardor, a não ser em estreito caráter político. Mas não distribuir folhetos sobre a proximidade do cataclismo universal, sobre o arrependimento, enfim, sobre tudo o que constitui para ele um conjunto de terríveis crenças, feitas de medo e de escarmento, como a morte da alma, de que tanto falavam os da Igreja do Milênio.

— Se o pastor aprova... Escuta aqui, Botão. — Era a sua prova de ternura. — Vamos discutir nossa vida lá em cima. Compreenda.

Pôs o carro em marcha, sob o silêncio dela. Voltearam a rua fechada pelo barranco, deixaram a mangueira, subiram uma ladeira mais íngreme. Três casas adiante, e a enxurrada parece uma cascata; traz folhas, latas, uma boneca de pano, tal macumba de mau agouro. Laura viaja os olhos com a bonequinha mártir, sem ideia de salvá-la.

— É perigoso deixar o carro assim...

Ela tirou os sapatos ali mesmo, saltou na água, foi à cortina da garagem, descerrou-a, ligeira. Fazia sempre aquele pequenino favor ao pai. Ele enveredou com o carro depois de ter Laura tirado os sapatos do assento. Enquanto Aloísio tomava posição na garagem, ela, à frente do motor, tirava um lenço do bolso, enxugava os pés nus, calçava-se, fechava novamente a porta.

Os trovões, aqui no alto, eram mais impressionantes. Laura percebeu que Aloísio tremia segurando-lhe o braço, saindo da garagem pela pequena porta que dava para a área, junto à cozinha:

— Você está com medo. Por isso foi que deixei vir. Antes de você chegar, acho que caíram dois raios ali perto. A mangueira atraiu...

Para que negar? Passada a porta, ele a enlaçou quentinha, depois oscilou com sua grande boneca, como gostava, para um lado, para outro, ninando a moça nos braços. A chuva adquiria uma violência cada vez maior. Os relâmpagos incandesceram as vidraças opacas que davam para a área.

— Vou fazer café.

— Depois; agora, vamos.

Ela consentiu o amor, mais uma vez. Nem um gemido, nem uma carícia, nem um "meu bem". Amor sem eco, não de todo abandono. Impossível saber como teria sido para Laura a revelação do amor.

— Não gosto de falar — ela dizia. Uma só vez, no último encontro, deixou entrever seu modo de pensar: — Afinal... já passaram três meses.

Isso queria dizer:

— Afinal, eu só repetiria aquilo que me fosse agradável por tantas vezes...

Eles haviam estirado o sofá-cama do quarto de Laura. A porta semiaberta do banheiro, Aloísio via-a, estática, ao deixá-la, olhos espertos e duros, lívida aos clarões da chuva.

Ele tomava agora o chuveiro morno e ensaiava cantar. Mas não cantava.

"Sou culpado e sei que sou."

Enxugou-se, vestiu-se. O paletó havia ficado no quarto, sobre uma cadeira. Quando voltou para apanhá-lo, encontrou Laura transtornada. De combinação, os cabelos assanhados, o rosto choroso, brandia um pequeno cartão:

— É isto: você com *ela,* outra vez!

Alguém poderia mudar, tomar a face de angústia e de ódio de repente? Laura transformara-se numa mulher em fúria de ciúmes. Era outra; distante da longínqua e impassível menina que ouvia os hinos da Igreja do Milênio.

Como ele lhe quisesse tomar o cartão, ela o empurrou:

— Vou ter o prazer de rasgar... Eu disse que rasgava... eu avisei da outra vez, você teimou.

Ele a apanhou decidido, pelo pulso, apertou-o. O cartão caiu. Aloísio abaixou-se, apanhou-o, rápido. Laura esfregava o pulso, mas não chorava:

— Eu já disse que não suporto! Já pedi: não trazer mais *isto* quando viesse...

Sua mãe tinha razão. Com todos os concílios... mudassem as crenças, mas — e as criaturas? Não daria certo. Com trovões e aguaceiro, ele sairia dali para não voltar. A afronta que Laura lhe fazia era grande demais. Iria embora de qualquer maneira; desafiaria todas as tempestades. Quando se dirigia para a garagem, ela lhe foi ao encalço:

— Espere. Quando você souber de uma coisa... Estou nervosa.

Era estranho ver Laura assim, ela tão ciosa de sua nudez, andando pela casa em combinação, os cabelos revoltos.

— Espere! Espere! Perdão.

Meu Deus, ele a amava como só uma mulher humilhada pode amar. Ele a amava depois de um amor mais concedido por Laura do que compartilhado; até mesmo depois da afronta que ela lhe infligia. Bastava que pedisse perdão e ele parara. Se sua mãe o visse, quem sabe não choraria de pena do "caboclinho pobre"?

Aloísio se voltou, soluçou no ombro nu de Laura:

— É Nossa Senhora, Laurinha, a minha Nossa Senhora do Perpétuo Socorro que estava na carteira de meu pai quando ele morreu. Ela deve ter pedido por meu pai... Você iria cometer um pecado muito grave!

Laura não dizia mais nada. Já não haviam tantas vezes discutido sobre a "deusa" dos católicos, aquele ídolo recamado de ouro e de prata, em suas diferentes encarnações? A mãe do homem Jesus era uma mulher — não uma deusa, assim pensava ela. Laura pressentia no amante aquilo que julgava ser um culto bárbaro e até sensual. A mulher que tomava o lugar de todas as outras era ela. Seria talvez por *isto* que Aloísio não se dava bem com a própria mãe? Mostrava ser fraco, supersticioso, agarrado a certas coisas, como todo católico. O pai se suicidara com a imagem da "deusa" no bolso. E ele a trazia sempre, aquela misteriosa figura com seu meio sorriso, sua redondez italiana, a derramada feitura materna. Era ela — a mulher — ilusão que vencera o Filho Jesus no amor dos católicos. Mas, apesar de tudo quanto pensava, Laura disse muitas vezes ainda: "Perdão, perdão".

Ele gemeu um resto de mágoa doída que precisava ser gemida. Depois, pediu, desafogado, engrolando queixa e sorriso novo:

— Agora você pode fazer o café.

Ela ficou na cozinha, mexendo, fazendo o café.

Aloísio foi para o escuro do quarto, cortado, ainda, pelos clarões.

Tirou depressa o santinho do bolso. Beijou-o rápido, sussurrou:

— Perdão, Nossa Senhora, perdão. Tem pena de nós dois. Perdão.

6
Como são os homens – diga

Carminho havia meia hora esperava, dentro do Volkswagen de Almir, à frente do bar onde, ele dissera, deveria telefonar a dona Rose. Cansada, a chuva já ameaçando tornar-se mais forte, resolveu descer do carro para ver o que estaria sucedendo. Almir teria encontrado algum amigo, ou as instruções de dona Rose seriam assim tão longas? A moça abriu a porta do bar, encostou-se a um balcão de doces e de bombons, procurando divisar Almir. Depois do balcão, muitas mesas se alinhavam com os clássicos bebedores daquela hora. Um pouco mais ao fundo havia uma roda bulhenta, onde homens de meia-idade se confraternizavam, vermelhos, em grande alegria, num riso inteligente e sobretudo em perfeita compreensão. Carminho, de longe, contemplou aquela cena de coparticipação alcoólica à qual jamais poderia pretender. Todas as vezes em que os irmãos recebiam colegas ou quando em casa de amigas ela via um círculo de homens, eles sempre estavam discutindo, com suas obscuras e contrastantes razões, seus motivos particularíssimos. Parecia que o entendimento, a eclosão do grande sentimento de fraternidade humana — este, Deus meu! — andava tão somente no fundo do copo. Pelo menos isso aprendera com Almir. Ela mesma não se maravilhava com seu namorado porque dentro dele sempre eclodia aquela generosidade, aquela inteligência e, sobretudo, a inteira segurança dos que já beberam? Ao lado da grande mesa dos bebões eufóricos, um homem e uma mulher, lá pelos cinquenta e muitos. Ele estava pesado, como se diz, marmotando parolas que de longe não se poderiam precisar e talvez nem mesmo de perto se pudessem compreender. Mas a mulher — porque aquela só podia ser mulher do bêbedo —, esta sorvia um refrigerante (deveria ser um triste guaraná), movia lentamente os olhos pelo teatro alcoólico, como a perguntar a si própria: “Por que é que eu estou aqui?”. Era evidente, ela estava ali porque o amava — a este velho bebo — e o acompanhava com sua dedicação de velha cachorra digna, para vê-lo embriagar-se, diariamente, e depois recolher o que sobrava de seu marido, colocando-o, decerto, dentro de um táxi ou apelando para um amigo.

Mas onde estaria Almir? A moça transitou pela sala, cujos muros pareciam penetrados por uma alegria delirante. Só ela, a mulher que acompanhava o marido bebão, os garçons e eventuais pessoas em compras apressadas, no outro canto da sala, deveriam ter a cabeça fria naquele momento. Os fregueses, uns lânguidos, rindo para as próprias e inatingíveis reminiscências, outros pesados, satisfeitos no mais profundo do ser, e outros ainda lépidos, graciosamente dispostos para o diálogo inteligentíssimo, tudo, enfim, ali falava de um mundo dentro do mundo comum, de uma atmosfera de sonhos desabotoados e de plenitude por fim conseguida.

Carminho foi e voltou por entre as mesas; na maior delas estrugiam risos saudando a última piada, e na mesa da mulher do guaraná e do marido encharcado houve a intercomunicação patética: a senhora riu para ela o riso de infinita simpatia, assim como se pudesse adivinhar: daqui a muitos anos eu já terei desaparecido, e então esta moça, agora fresca de vida, estará aqui como eu, quieta e dedicada, com seu marido a viajar pelas trilhas intrincadas de uma bebedeira sucedendo a outra. A viajar nesta mesma mesa, enquanto ela ficará, como eu, a olhar seu copo de laranjada, de guaraná ou da bebida sem álcool que se tomar dentro de dez, quinze ou vinte anos. Carminho emprestava obviamente àquela mulher o pensamento que lhe traduzia a angústia. Almir desaparecera ali no bar. Era sempre a mesma história; sempre as mesmas misteriosas telefonadas a dona Rose; ela rodando com ele por esse Rio de Janeiro de tempestades e de aflições, e ele a fazer o trabalho cada vez mais carregado de conhaque.

Sim, a mulher ao lado do marido erguia para ela os olhos de digníssima senhora cachorra, fidelíssima cachorra. O garçom veio perguntar o que Carminho queria. Ela respondeu que estava procurando um amigo; o homem disse um "pois não", levantou os ombros, e ela voltou à entrada. Daria cinco minutos a Almir. Se ele não aparecesse, enfrentaria a chuva grossa e iria para casa.

Quando já se haviam vencido os cinco minutos e ela ia deixando o bar, levantando a capa marrom acima do pescoço, deu de cara com Sérgio Silva, que vinha ali comprar café e cigarros.

— O que é que você está fazendo aqui, menina? — disse ele, desabrochado e cheio de alegria pelo encontro.

Ela não pôde deixar de dizer a verdade:

— Você sabe, Sérgio, eu tenho saído, umas vezes, com o Almir... Ele está telefonando lá dentro, mas já faz muito tempo, e acho que vou para casa.

Além da face satisfeita de Sérgio, de seus óculos refletindo a claridade da sala, os carros assanhados uns contra os outros, as luzes acesas, a chuva caindo, criaturas em pânico correndo para suas casas.

— Há mais ou menos quanto tempo Almir está telefonando?

— Quase meia hora — disse Carminho, mentindo, pois no mínimo, agora, já havia três quartos de hora que Almir telefonava de qualquer recanto misterioso daquele insondável bar.

Sérgio bateu-lhe afetuosamente no ombro:

— O telefone está ali, Carminho. E, por azar, não há ninguém telefonando. Venha comigo.

Puxou-lhe a mão, levou-a a fazer o mesmo percurso que Carminho já havia feito. Mas no fundo, à esquerda, havia uma porta. Ele a abriu, e foi como se o compasso daquela música alcoólica se acelerasse até o frenesi, na saleta mais ou menos privada, onde os fregueses ficavam inteiramente à vontade. Almir estava lá, já emborcado, sozinho, numa mesa, enquanto à frente um homem jovem e belo levantava o copo aos simpáticos visitantes, dizendo palavras que eram só intenções deslizantes pela garganta. Em outra grande mesa se falava de política. Todos eram rouquíssimos, como se sofressem da laringe, amicíssimos, saboreando conjuntamente com a bebida a inteligência e a argúcia do companheiro. Carminho pediu a Sérgio:

— Nós podíamos levá-lo para casa, não podíamos?

Ele a empurrou com uma autoridade nova e disse:

— Não faça nunca papel de mulher de bêbedo.

Carminho teve vontade de resistir. Poderia ficar quieta ao lado do namorado, esperar que ele vencesse a tonteira, levá-lo então para casa. Aquela mulher muito mais velha do que ela não iria fazer o mesmo com o marido, dali a pouco? Mas Sérgio dizia:

— Pense na sua mãe, nos seus irmãos. Aqui não é lugar para você. Vamos embora.

Comprou o café e os cigarros, enquanto a chuva se adensava, as risadas dos bebões se tornavam mais alucinantes, e o velho beberrão, tendo tomado a última dose para que chegasse ao país bem-amado do coisa alguma, a seu turno descambava por completo em cima da mesa, e a mulher, lentamente, se punha de pé vestindo o agasalho. Estaria na hora de pedir socorro e ir embora.

*

Dentro do carro, Sérgio perguntou:

— Para onde você quer ir?

— Para casa, é lógico.

Sérgio não havia perdido ainda a centelha feliz da descoberta. Conhecia Carminho de muitos anos. Era a menininha da casa de Geraldo. De longe em longe via-a crescer, entrar na sala, dizer boa-noite, sumir, e ele pensando sempre: "Como se pode crescer tanto, como se pode ser tão parecida com os irmãos, mas tão bonita, como se pode ser tão boba a ponto de namorar um bêbedo como Almir?". Não fora dona Rose tão usurária, e um fotógrafo de melhor categoria já teria sido contratado.

Sérgio pretendeu pôr o carro em funcionamento, mas o motor custava a pegar. A água crescia nos bueiros, encharcava a avenida Copacabana.

— Vou fazer uma proposta. Geraldo ficou de passar no apartamento mais tarde; por que você não vem esperar em casa por ele?

— Onde?

— Já disse, menina, no meu apartamento. Alguma objeção?

— Nenhuma, só que eu estou com vontade de agarrar o travesseiro para derramar a raiva.

— Não serve meu ombro?

Ela disse "não", já menos irritada, e ele continuou:

— Nós bem podíamos discutir em casa este grave caso do Almir.

Sérgio não precisou insistir muito. Carminho queria conversar, desabafar e, francamente, não tinha em casa com quem. Se fosse contar essa estúpida cena acontecida agora à mãe, sabe lá o que teria de ouvir? Como juntaria aborrecimento a aborrecimento? E os irmãos? Não, sinceramente, nenhum deles seria capaz de discutir calmamente aquela sua sorte de sujeição à pessoa de Almir.

— Você vê, seria difícil chegar à sua casa agora — dizia Sérgio, tendo afinal movimentado o carro.

A chuva aumentava de maneira assustadora, e o pior é que vinham relâmpagos. Só mesmo aceitando o convite de Sérgio. Era perto, mas logo que enfrentaram, através da massa de água escorrida pela vidraça do carro, a rua Rodolfo Dantas, faltou luz.

— Não se assuste, menina, trago o meu *flash-light*.

No escuro, os relâmpagos pareciam mais amplos, acendendo uma lívida profecia nas perspectivas da tormenta desencadeada. Correram até o portão do edifício. Durante a pequena viagem e com o calor, Carminho desabotoara a capa. Agora, como a criança que fora até bem pouco tempo atrás, queria enfrentar a chuva de volta para buscá-la.

— Quietinha, menina. O que é que você vai fazer com a capa lá no apartamento?

Ela sentia dever subir a escada fechada e arrumada como um embrulho, ao lado do amigo de Geraldo. Mas concordara. Era uma loucura cair na pesada chuva para apanhar o impermeável. Subiram as escadas, ele ensinando todos os desvãos, com o *flash-light*. À frente, escapava, lépida, uma velha senhora, descalça, estranhamente fazendo a sua "ginástica", como dizia, isto é, a mão tateando o muro, de pés para trás, subindo assim porque, na sua opinião, "quem sobe de costas para a escada não cansa, e eu tenho que vencer oito andares". No segundo andar, a janela batida pelos relâmpagos iluminou Carminho, um pouco transida pelo medo de um trovão. Sérgio passou-lhe a mão pela cintura, mas não se aproximou demasiado. E foi assim que eles chegaram até a porta do apartamento.

*

Para Carminho, Sérgio era o melhor amigo, a mais influente relação de Geraldo. Lia sempre os títulos de seus artigos, não mais que os títulos. Seu nome passeava, voando, pelas conversas à mesa da família. Três ou quatro vezes, entretanto, em anos que o conhecia, haviam conversado. Ela conservava alguma inibição por ser ele o "gênio" de que falava Geraldo, às vezes caçoísta, outras admirativo. Era com uma espécie de unção que ela lhe reconhecia o bom gosto, vendo a tão comentada decoração do apartamento. Iluminada a lâmpada de querosene, via-lhe agora os quadros, o arranjo moderno da pequena sala, a comodidade da poltrona extensível para a leitura, onde Carminho espichou as pernas, tentando cobrir inutilmente os joelhos. Tranquilizadoras fotografias da mãe e das irmãs enfeitavam a mesa junto à *bergère*. Sérgio mexia no pequeno bar, de onde extraíra uma touca muito engraçada vinda de qualquer festa de Carnaval e tentava encontrar alguma coisa parecida com a bebida que a moça pedira.

— Querida, eu faço tudo por você, mas extrair vinho do Porto desta mina é impossível. Acho que arranjo qualquer bebida do gênero. Por que vinho do Porto?

— Mamãe gosta. Às vezes me faz tomar com gemada.

— Que horror! Ainda há gente que toma vinho do Porto com gemada? — E os óculos de Sérgio despediam faíscas sob o boné.

Sérgio veio, um tanto bufo, a bebida na mão, onde Carminho reconheceu leve gosto de canela. Mas, sem dúvida, era bem forte. Ela tomou um gole — estava tão deprimida — e sentiu que, à luz da lâmpada, suas pernas haviam ficado extremamente brilhantes e claras, como se todo o corpo fosse escuro e as pernas incandescessem o banquinho onde repousavam. Empurrou-o, sentou-se dona e senhora, observando aquele Sérgio carnavalesco, como uma criança mira um mágico, querendo saber onde estará escondida a artimanha:

— Por favor, tire esse barrete horrível.

Sérgio riu e explicou que aquilo era sempre usado como a "cura de choque".

— Por que é que você está aí, sentadinha, como menina de colégio de freira? Por que você se constrange em mostrar as pernas... mas usa vestidos tão curtos? Está de minissaia...

Ela ficou ligeiramente emburrada. Foi à janela, observou a cortina brilhante da chuva, sentiu o tremor da vidraça e de repente lhe foi produzido um certo bem-estar a aquecer-lhe a garganta, os braços, e a desfazer, em parte, o peso que a acabrunhava:

— Sérgio, você vai ter paciência comigo. Já que me trouxe para a sua casa... você senta aí, eu aqui, e vamos conversar. Vou fazer uma confissão... Eu preciso saber alguma coisa sobre os homens.

Sérgio, agora, fumava tranquilo, observando-a ir e vir, sentar-se de novo, com uma benevolência de gente grande para criança, de criança para cachorro, de menina para boneca:

— Mas você tem dois irmãos e um namorado. Que me conste, moça de hoje... se não vive as suas realidades, pelo menos tem as suas informações. As minhas irmãs... — e, com um gesto vago, mostrou umas figurinhas que se situavam entre claros e sombras por cima da mesa.

Carminho, ligeiramente afogueada, fez por algumas vezes a menção de falar. À luz da lâmpada de querosene o rosto se abria na aura da palavra que vai eclodir. As sobrancelhas subiam, a boca tartamudeava e, afinal, era como uma gagueira impossível de vencer. Nenhuma palavra principiava aquilo que sabia muito bem, que morava como torrente dentro de seu íntimo. Sérgio serviu-lhe outra dose no copo e o levou, como numa bondade de velho tio, colocando-o ao lado da moça. Pegou-lhe as mãos. Carminho desabafou as palavras contidas:

— Eu gosto dele. Você sabe que eu gosto dele? Eu vi aquele horror, aqueles bebões, a mulher acompanhando o marido caindo de bêbedo, ele me enganando pela décima vez, eu largada no carro e ele bebendo...

Sérgio passava-lhe a mão nos cabelos, enxugava-lhe os olhos. Não diria que *Almir era péssimo.* Carminho não estava reconhecendo? Dentro dele se esboçava a mais natural das conjecturas. Eles deveriam ser amantes. Aquele doido "porrista" prendera a menina numa dessas uniões físicas indestrutíveis até para as mais graves ofensas. Tinha das mulheres, tanto quanto dos homens, a mesma ideia simples. Seu pai, uma vez, lhe dera uma receita infalível, e, embora o ditado já fosse bem conhecido, e de mau gosto indispensável, ele o tinha como receita natural. "Gente desonesta se compra com dinheiro; a honesta, *com palavras."* Isso valia tanto para os homens como para as mulheres. Era cansativo verificar a imutabilidade do axioma. Mas ele não encontrou a palavra certa, pelo menos dessa vez, com Carminho.

— Eu sei, eu sei. Desde quando... vocês... têm relações?

Carminho percebeu, mas julgou não ter percebido:

— Que é que você quer dizer?

— Desde quando vocês são amantes?

Aquilo foi uma espevitadela em brasa. Saltou a chama:

— Mas nós não somos amantes. Que ideia absurda é essa? Por que você pôs essa ideia na cabeça?

Sérgio podia ter pedido desculpas, mas, tendo tomado o caminho, não quis retroceder:

— Suportar o que você suporta, menina, só quando a coisa é mesmo grave. A minha suposição era a mais natural possível. Nem seus irmãos poderiam pensar de maneira diferente se a vissem a esta hora esperar por um homem bêbedo, caído à mesa de um bar. Você tenha paciência; sua atitude dá que pensar...

Ela agitou-se, sarcástica. Estava cada vez mais luminosa, não se importava já em mostrar as pernas, que buliam nervosas, postas de novo em cima do banquinho. Tomava uma atitude francamente provocadora:

— Mas que decepção! E com você... que Geraldo diz ser... o mais inteligente, o único *gênio* da nossa geração.

Carminho enxugou os olhos. Agora, ela teria a grande bravura:

— Para encurtar, saiba de uma vez: Almir nunca me beijou, isto é, nunca me beijou a boca, está entendendo?

Sérgio não sabia o que responder. Realmente, a situação estava ficando interessante, mas por um lado muito diverso. Carminho prosseguiu:

— Eu quero falar de uma vez com você, já que com mamãe e meus irmãos é impossível.

— Desabafe, mas fale depressa, antes que Geraldo chegue. — Observou o relógio de pulso. — Ele não deve demorar, se é que a chuva não o pegou por aí.

— Quando eu pedi a você que falasse sobre homens — ela tomava mais um gole da bebida —, era mais sério do que você podia pensar. — Agora, os olhos vivos de fulgor úmido encaravam Sérgio com certa bazófia inocente: — Você não entende... pode achar uma doidice, mas homem, para mim, é assim como um bicho completamente diferente. Um outro bicho.

Sérgio reprimia o riso. "Com mulheres e crianças todos nós devemos sempre adotar uma atitude de extrema atenção. Enfim, dar-lhes a sensação de conversa séria e de igual para igual."

Carminho continuava. As lágrimas queriam cair. Ela pertencia a um tipo que ficava, fisicamente, num meio a meio entre os irmãos. Tinha um pouco do *caboclismo* de Aloísio, os olhos ligeiramente amendoados, os lábios um tanto grossos, embora belos, mas a tez era da mãe, isto é, muito branca. Os cabelos, porém, eram da raça dos do velho tio Quincas. Duros e grossos, falavam da ascendência forte da terra. Ela continuava:

— Mamãe nunca me respondeu direito sobre a morte de meu pai. Não compreendo por que ele se matou... — Havia alguma coisa ainda mais dolorosa. — E até hoje não entendo por quê, desde pequenina, mal entrasse um homem no banheiro de nossa casa, mamãe vinha desinfetar tudo em seguida. Ela dizia sempre: "Os homens são uns sujos, minha filha. Todos os homens".

Ah! O "gênio" estava perplexo. Por mais vulgar que pareça uma criatura, quanta vez não nos surpreende com sua visão estranha da vida? Era incrível que uma menina de Copacabana pudesse falar assim. Carminho, porém, não queria parar:

— Eu sei que não sou inteligente. Meus irmãos se formaram, eu não me formei, não consegui. Queria dizer. Está dito: sou "burra". Mas você pode estar certo de que o que as outras colegas fazem... namorar, beijar, tomar até liberdades... que, sei lá, isso não é para mim. Quando qualquer colega ou qualquer conhecido começava a querer intimidades... eu me fechava: estava tudo acabado. Minha mãe não me ensinou que todos os homens são sujos? Muitas vezes ficava querendo saber qual seria a suposta sujeira de um irmão, pois que mamãe tanto lavava a banheira depois que Aloísio ou Geraldo saíam. E lia anúncios ou achava que sabia o que vinha a ser... *a doença dos homens*. Por isso, na minha idade, nunca namorei, mas não namorei mesmo... ninguém.

Na poltrona, naquele apartamento, tantas e tantas mulheres haviam passado, mas nenhuma houvera dito as simples coisas e terríveis coisas que Carminho transmitia. Na cidade onde para tantas o sexo deixara de ser tabu havia muito tempo, aquela criaturinha parecia imbuída de um horror físico ao *homem*. Contudo, havia Almir.

— E o que você me conta de Almir?

— Ah! — disse ela. — Começou quando ele foi fazer umas fotografias lá no colégio. Depois, saí com umas colegas mais bonitas e ele para tirarmos umas poses no parque. Era tudo tão sem graça e tão bobo... A reportagem de dona Rose parece que se chamava "Meninas em flor".

Sérgio fez como quem sente um gosto amargo. Franziu o rosto.

— Depois ele começou a telefonar, e eu, sem saber como, caí no hábito de passear com ele. Hoje estivemos lá na praia de Ipanema, mas de amor mesmo... nada.

Sérgio fixava a menininha que o tomava como se fosse um confessor, um tio, quem sabe se até um divã de psicanalista? Ela não era inteligente, nisso concordava. Então, tendo criado tão grande defesa contra os homens, não compreendia a situação real em que estava? Não dava valor a essa coisa mínima que faz irromper o pudor em qualquer menina namoradeira? Ficar sozinha no apartamento de um rapaz, ainda mesmo que este seja amigo do irmão? Ou seria que para Carminho ele não chegava a ser aquele ente capaz de assustar, ele não aparecia como o verdadeiro homem? O ser diferente não apenas no sexo — o *outro bicho?* Iria tenteando, sabendo aos poucos. Passou-lhe a mão, mais uma vez, pelo ombro, descendo até o antebraço, enquanto a incitava a continuar:

— Ele lhe fez alguma confissão?

— Fez. Fez uma confissão extraordinária, que me deixou muito perturbada. Disse... deixe-me ver se me lembro direito das palavras. — Apesar de que houvesse desabafado, ainda havia uma última relutância, um constrangimento quase insuportável que deveria vencer, afogueada como estava: — Foi há uns quatro dias. Nós vimos passar um casamento e, de repente, estávamos em Campo Grande, imagine, os noivos, num carro todo iluminado, guiado por um chofer e o acompanhante fardados como soldados de gala, que tocavam a buzina e disparavam chamando a atenção de toda gente, para ver passar, coberto de flores, o automóvel cheio de lâmpadas e enfeitado de filós e seda branca, como uma vitrina ambulante. Então, Almir, depois de ter tirado umas fotos... o carro vinha e voltava, parece que investia na gente, em exibição de quermesse, me disse muito sério estas palavras. Sim, Sérgio, ele falou baixinho. Mas não posso...

— Não pode o quê? Você não está aqui para ter toda a franqueza, não quer que eu ajude?

— Bem. Ele disse: "Eu tenho horror a virgens. *O sangue da virgem é um sangue maldito...*".

— Ora esta! E era só? Afinal, isso não é assim tão complicado.

De repente, um velho eu deixado em um canto perdido retomava o lugar na consciência de Sérgio. Nunca sentira por nenhuma de suas amiguinhas aquele sentimento de atração, mesclado a um que tinha como definição o valor do respeito invencível. Mas era lógico que ela estava querendo levar o esclarecimento de suas dúvidas a um ponto extremamente radical. Ela queria conhecer um homem — o homem. E que papel estava ele fazendo? Considerou difícil a resposta, porque de súbito compreendeu que chegara o momento em que o célebre lema de família podia não ter valor corrente:

— Você acha que ele disse isso a você ou ele teria falado como quem fala sozinho, quem diz alto os pensamentos?

Carminho caiu em profunda tristeza. Estendeu as pernas roliças, os braços se alongaram, bambos, na cadeira, a cabeça pendeu para trás, derramando os cabelos inteiriços:

— Ele disse *para mim.* Ele quis dizer claramente que não queria nada comigo... porque eu era uma virgem.

*

Ao sair da casa do Professor Santana, Geraldo pensou em seguir diretamente para o apartamento de Sérgio Silva, que ficava bem perto. Estava obcecado pelas cenas que vivera ao lado do velho Professor, aquele que em muitas ocasiões tomara o lugar do pai. Dividia-se entre o desejo de revê-lo e o pavor de ter de vir a contar a verdade. Suportaria Santana saber que ele tinha tido... medo? Não, isso não era verdade. Ele não tinha tido nenhum medo de tomar parte na demonstração, mas achara tudo sem sentido... Se soubesse que o Professor estava tão doente, e ainda assim tomava a frente dos moços, ele o teria seguido de qualquer maneira. Mas, naquele momento da decisão, não sabia. E agora, quando fosse dizer "Não cheguei a tempo, não foi possível", o Professor infalivelmente perguntaria: "Então você mudou de ideia?".

O Rio estava ficando uma cidade inabitável. Para sair da rua Barata Ribeiro, tivera de meter os pés na água e assim mesmo deveria esperar alguns vinte minutos até que pudesse atravessar de uma calçada à outra. Quando chegara em frente ao prédio onde morava Sérgio, vira-lhe o carro parado e naturalmente se aproximou, esperando que o amigo estivesse chegando ou saindo de casa. Não havia ninguém, mas, na poltrona ao lado da direção, estava atirado um impermeável — impermeável exatamente igual ao que sua irmã usava. Aquilo ficou como um mero registro, sem eco, no pensamento. De repente, as luzes se acenderam. Tomou o elevador, desceu no terceiro andar, tocou a campainha. Houve alguma demora até que Sérgio aparecesse mostrando apenas o rosto na meia porta:

— Você me desculpe; agora não posso. Confidencialmente, é assunto sério... Você sabe. Casa de solteiro... — Fez uma pausa e, sempre dono de sua presença de espírito: — Como vai o Professor?

— Não vai muito bem. Já está em casa... mas esteve mal. Amanhã cedo passarei por lá.

— E eu também. Afinal, o Professor... eu também gosto dele. Desculpe, hein, você compreende.

Fechou de mansinho a porta. Geraldo desceu, sempre com aquele registro quase fotográfico na mente, aquela imagem de uma capa de chuva posta no encosto do assento. De novo, na rua, foi ver o carro. Milhares de moças estavam usando impermeáveis como aquele na noite de chuva. E, além do mais...

Confusas dialogações se entabulavam dentro dele, em redor da questão Carminho. Afinal, ele era marxista, adepto de um sistema não convencional de vida para a mulher. E, depois de tudo, era absurda a ideia que aquela capa de chuva lhe sugeria.

Chegou em casa extenuado, triste, com uma viva sensação de ser um marginal das coisas que estavam acontecendo. Uma triste sensação de que, por alguma razão obscura — e ele não se sentia culpado —, trazia hoje a marca dos diferentes. A mãe, quando Geraldo chegou, notou a preocupação. Embora fosse o único filho a vir tão tarde para casa, não o festejou com muito carinho.

— Vocês me matam de cuidado! E Carminho... que saiu com o bêbedo do Almir e até agora não voltou!

Embora Geraldo se estimasse como um bom materialista, não pôde deixar de dizer para si mesmo: “Graças a Deus!”.

7
O discípulo

"Graças a Deus!" No tormentoso dia de Geraldo não se inscreveria a suspeita contra a irmã e o amigo nesta hora última. Carminho ainda não voltara; a mãe veio bater-lhe à porta, e ele sempre respondendo:

— Deve ter ido a um cinema, atrasou-se com a chuva. Só eu sei como foi difícil chegar em casa.

Os passos iam e vinham, a mãe insone era uma escala irritante e contínua pelas noites. Arrastava os passos vagarosos, revia mil vezes as portas (estariam bem trancadas?), entrava e saía da cozinha, e a geladeira rangia, estalavam louças, tiniam vidros. Iria tomar água, comer um doce? Vadiava entre estalidos pelo apartamento. Era o declique da luz, depois o chamado telefônico para aquela sempre inefável amiga das *boas* notícias, que, como Valentina, parecia recusar-se ao sono. (Agora mesmo estariam falando.) Não fora a mãe tão avessa à sua amizade com o Professor, Geraldo teria telefonado para saber como estaria seu velho amigo. Mas qual! Então não estava vendo a hora? Quase meia-noite? Incomodar um homem doente e cansado?

Desde que se deitara, a sarabanda invencível das imagens irrompera: o Professor sofrendo na polícia, as meias carmesins; a crise no carro; o estúpido homem que tinha medo deles dois... a inesquecível onda da descoberta da generosidade humana; dentro da gaveta de Santana havia uma carta... uma carta pela qual ele teria sido feito o herdeiro daqueles livros comprados ao longo de uma vida inteira; desejados, cortejados, protelados na posse por dificuldades financeiras, alguns, e enfim obtidos e guardados pela redonda mão de pintinhas que os entesourava na estante. Menino sem pai, ele havia tido na vida o carinho sem jeito desse homem, ao qual faltara uma única vez... Hoje, não, ontem; pois já passava de meia-noite. "Mas seria a única falta." Bem cedo, antes do trabalho, irá visitar o Professor. A empregada trará os sapatos, os imprescindíveis, absurdos sapatos enfim consertados; ele, Geraldo, levará um médico de confiança...

Por sobre os pensamentos ecoava o *slogan* de um sabão que redigira para a campanha publicitária. Fora aprovado pelo chefe da empresa depois de inúmeras consultas ao anunciante: "*Meu branco exigente é detergente...*". Uma tolice. Ele fizera em primeiro lugar "*Branco exigente...*", mas o "meu" prevalecera, porque a frase deveria ser dita por uma velhinha preta, de alva peruca batida pela luz dos refletores. "Meu branco exigente é detergente..."* Saltou para um mundo de bolhinhas que se desprendiam de um tecido maculado, e de súbito foi feito todo alvura, camisa a corar ao sol, ao som festivo da ciranda de mil crianças cantando felizes, sob o olhar do Professor vestido com um terno branquíssimo. As crianças, porém, riam de Santana quando lhe descobriram os pés sujos e descalços e escapuliram tornadas anões desfigurados, debaixo de uma floresta de deslumbrantes lençóis translúcidos e de alvas camisas desfraldadas a espalhar raios de pureza incontaminada.

"Sonho idiota." Geraldo acordou, a janela aberta, o sol ardendo, já, nas costas. Pulou da cama, foi correndo à extensão telefônica, no corredor. A mãe falava ali muito baixo, mas novamente à amiga Malva. Seria possível? Ele querendo saber do Professor e... bateu no ombro da mãe. Ela suspendeu a conversa e levantou o dedo:

---

* A passagem revela como estereótipos raciais se perpetuam em campanhas publicitárias, por meio de metáforas racistas, e ainda escancara o universo social das personagens do livro — brancas, de classe média, habitantes da Zona Sul do Rio de Janeiro —, uma cidade que, menos de uma década antes, ainda era a capital do Brasil e ditava os costumes e o padrão de consumo.

— Não faça barulho. Carminho dormiu comigo esta noite. — Estava encantada. — Coitadinha. Ela acabou tudo com o Almir...

— Ótimo. Mas eu preciso do telefone.

— Já vai... — E a voz da mãe era baixinha, mas terna e quase juvenil. — Estou combinando com Malva para ir fazer uma consulta...

*

Geraldo vestiu-se rápido, engoliu o café e, tendo saído à rua, decidido a apanhar um táxi, ao andar pela banca de jornais viu em primeira página dobrada a fotografia do Professor. Comprou o *Diário Nacional* e teve às mãos aquele odioso instantâneo: o pé ampliado do Professor entrando no carro e em seguida a primeira fotografia, a que fora tirada de frente, como quem dá o tiro de morte. O protesto era implícito na maneira pela qual fora narrada a prisão dos intelectuais; no comentário relativo ao Professor Santana se acentuavam as características de criatura agora sempre infensa à política, dada ao trabalho de mestre, mas que se unira aos companheiros de manifestação por puro sentimento de liberalismo nato. Dizia-se que os outros manifestantes continuavam presos, esperando-se a cada momento que viesse ordem para libertá-los da própria Presidência da República. O Professor saíra da polícia com um seu antigo discípulo, e o nome todo de Geraldo vinha na notícia. Assim, embora não houvesse participado do acontecimento, via-se a ele agregado no noticiário. Isso melhorava um pouco seu ânimo. Fora Geraldo quem o acompanhara, fora ele quem o trouxera para casa. Outros jornais, comprados em seguida, tinham até uma palavra de longínqua simpatia pelo *devotado discípulo.* Tudo soou como uma absolvição.

Depois da chuva terrível da noite passada, liam-se notícias de desabamentos, de desastres impressionantes — mas o céu abrira com uma claridade nova sobre Copacabana.

Era ainda fresco, e tudo parecia apaziguar-se. "Era bom ter uma pessoa assim, como o velho Santana, a quem se dedicar." Crescera sempre marcado por aquela incompreensível fuga do pai: de manhãzinha, o estrondo soara, ele saltara da cama. Fora o primeiro a chegar. Nunca a mãe, nem ninguém, lhe dera explicação plausível sobre aquela disparada para longe. Naquela ocasião, o Professor, que morava no mesmo prédio do largo dos Leões, começou a chamá-lo, entendeu-lhe a solidão de menino, ensinou-lhe o prazer dos livros; vez por outra convidava-o a acompanhá-lo num restaurante. A rotina de Santana, homem que jamais comia em casa, era para ele fascinante: abrir o *menu*, escolher entre tantos o seu prato, vir a ser personagem notada também no meio dos adultos.

Quando desceu em frente ao prédio da rua Barata Ribeiro estava tão ligeiro, tão desoprimido! Já agora encarava com menos gravidade a possível "deserção". Em frente do edifício, varria a calçada o velho encarregado da limpeza, um seu conhecido de muitos anos. Assim que ele o viu, parou, encostou o queixo à vassoura; seus olhos tremeram à luz da manhã, e, enquanto Geraldo caminhava a seu encontro, pareceu por instantes tornado em duro e indecifrável varapau de igreja. O sangue subiu à face de Geraldo:

— Como vai o Professor?

A cabeça espetada em cima do cabo de vassoura piscou muitas vezes, e o homem disse então a frase estúpida, a frase impossível de ser dita, mas que foi pronunciada, afinal:

— Já é cadáver.

Alguém daria, assim, a notícia mais triste? Geraldo achou que havia tido uma alucinação. O empregado não poderia ter dito aquilo com tamanha clareza. Dessa maneira, seria demasiado estúpido... O varapau se desfez, e o homem, normalizado na aparência, disse simplesmente:

— Está lá em cima a empregada. Já vestiu... Eu telefonei. Telefonei muito para o senhor. Só dava ocupado. Depois desisti... tenho de fazer o meu trabalho...

— Mas como foi?

— Quando a arrumadeira chegou... Sabe, ela tem a chave... chamou o Professor, ele não respondeu, então... — e tornou a repetir a frase abominável — viu que ele já era cadáver.

As pernas amolecidas se moviam lentamente, muito mais lentas do que Geraldo pretendia. Tomou o elevador, chegou ao apartamento. A porta estava aberta. Havia alguns vizinhos. Ele estava muito bem-vestido, com a sua melhor roupa escura, barbeado, deitado na cama, na maior ordem, sobre a colcha limpa que a arrumadeira mudara. Duas simples e grossas velas de casa, usadas no racionamento de luz, haviam sido postas na cabeceira e nos pés. Mas, quando Geraldo se debruçou para dar o beijo de amor filial, que jamais houvera oferecido ao velho amigo, viu que Santana não tinha sapatos. Estava muito bem-vestido, sim, mas só de meias.

A empregada fungou a seu lado; tinha os olhos vermelhos:

— Há dez anos que trabalho para ele. Santo como este nunca vi!

Geraldo saiu um pouco da sua profunda perplexidade, daquele desarvoramento, pediu que a mulher fosse buscar os sapatos que estavam no conserto. Logo em seguida, começaram a chegar visitantes, todos excitados. "A morte teria sido consequência da prisão?", perguntavam e respondiam uns aos outros. O rádio anunciava a morte do Professor Santana. Geraldo foi recuperando o ânimo, tomando conta de tudo, e, quando alguém encomendou um padre, disse que não e com firmeza:

— Viveu sem religião, morreu sem acreditar, e eu não quero que tenha um fim diferente de sua vida. Era um homem sincero.

Uma senhora loira, que se dava a escrever, quis discutir com ele. Não reconhecia autoridade em Geraldo. Contra a vontade, ele, num ódio súbito, tomou ali o lugar de filho. Deviam acatar o que resolvesse.

Depois, foi o momento de colocar os sapatos vindos do conserto naqueles pés sofridos e humilhados. Lá na polícia, quando ele sentara ao lado do Professor no banco, ficara fascinado olhando a meia carmesim com pintinhas vermelhas; seu pensamento realizara então o caminho prodigioso. Ele se abismava porque vira naquelas meias a projeção do momento que agora recolhia, em que calçava o Professor para o último passeio?

Geraldo ficou ali por perto, sendo abraçado, pois não havia outro a quem dar pêsames. Depois tomou o telefone, aviou todas as providências e, enquanto o pequeno apartamento não ficava cheio demais de curiosos e visitantes, meteu por detrás das estantes os livros mais característicos do marxista, para evitar comentários.

Lá pelas nove horas, antes que uma ambulância levasse o corpo para a Capela de São João Batista, Sérgio Silva apareceu. Geraldo não conseguiu dar palavra. A mão que Sérgio procurou estava fria e quase recolhida. Ele não se intimidou:

— Veja, meu velho, a gente se sente bem quando faz o possível para ajudar uma pessoa como este homem. Felizmente nós pudemos livrá-lo ontem...

Geraldo continuava de lábios trancados. Ele prosseguiu, leve, mas insistindo em mostrar afeição, uma grande pena pela morte de Santana:

— Vou escrever um artigo como o Professor merece — disse. — Vou já para o jornal. Se você quiser, telefone para lá.

8
Domingos e nós

Aloísio guardou o santinho dentro da carteira. Continuava dizendo "perdão, perdão". No fundo, pedia perdão a Nossa Senhora por tanto amar uma sua inimiga. Ela o olhava de lado, num painel de ouro, o Menino envolto em túnica vermelha. Meu Deus, os tempos mudaram tanto! Havia anos, ainda criança, trocava de calçada só para não pisar a entrada da Igreja do Milênio, naquela rua de Botafogo. Ninguém o ensinara a fazer a volta, mas sempre fora assim. Em certa ocasião, soubera que um vago parente do pai viera do interior. Era um seu primo; homem casado, maduro, de aparência bondosa, que trouxera confeitos coloridos nos bolsos. A mãe afirmava: "Não conseguiu ser padre, a cabeça não deu, precisaria estudar muito para isso. Formou-se pastor, de burro". Veio a Aloísio um vago receio de contaminação; evitou, durante muitos meses, sentar-se à cadeira onde estivera aquele parente herético, bonachão e visivelmente imune à rebeldia. Agora explicava a sua conduta, de ter sido um dos primeiros moços a tomar parte ativa nas noites de conferências ecumênicas, como um sacrifício verdadeiro de toda a sua natureza. Observava certos companheiros aborrecidos durante as sessões que variavam apenas nos oradores, mas expunham, inevitavelmente, um desejo de união muito mais formal do que sincero — isso aparecia sempre, pois lá a certo momento vinham as diferenças à mostra, mais do que as semelhanças no culto de Deus, e entre todos os atritos o mais pungente era a recusa de determinadas seitas a Nossa Senhora. Teria, por tal motivo, criado para si mesmo a "legenda" de Laura? No íntimo, ele a desejava subjugar principalmente na alma e, porque a julgasse "irrecuperável", a amava com o fervor de uma inconquistada de sempre? Vãs perguntas. A voz de Laura subiu como a chama de uma vela: pura, nítida, desfeita a raiva:

— Aloísio, o café.

Voltou à cozinha, onde a moça passeava agora a figurinha composta no roupão azul. Curioso; ela sempre lidava com coisas de outros tempos. Baixou para a xícara uma cafeteira de ágata rosa com florinhas, e o café desatou em cheiro a rememoração no amante:

— Domingos deu à mamãe uma igual. Sumiu há anos...

Laura sentou-se, observou-o; um halo de claridade tempestuosa na vidraça embaciada brilhava contra o perfil agudo e moreno.

— Domingos... é difícil dizer como ele é. Mas ele vem aqui... — o rapaz continuava. — Mamãe chamou. Acho que ele chega depois de amanhã. Você vai conhecer...

Dessa vez, Laura saberia represar a cólera:

— Para falar de nós... Quer mais café?

— Quero... Para falar de nós. Que tem isso? Será o nosso "problema", se é que ele existe, pois depende só de nós dois, e mais o assunto de Geraldo, o de Carminho e depois até o dela própria, mamãe, sempre adoentada. Domingos... Você não sabe quem é ele... A melhor pessoa do mundo.

Laura ficou absorta:

— Até mesmo com uma "crente", como vocês dizem?

Aloísio gostava de falar do tio:

— Para você ter uma ideia: mamãe acha que Domingos é do jeito dela, quer dizer, nos moldes "sensatos", antigos... Geraldo... morro de rir, mas ele fica roxo de raiva e jura que Domingos é *marxista*...

— O que pensa Carminho dele?...

— Que é igual a nosso pai... Um homem mais delicado do que os outros.

— E você? — A voz se fazia cortante e fria. — Julga que Domingos seja uma espécie de... um papista velho?

Aloísio colheu a mão que se fechava em cima da mesa da cozinha:

— A você eu digo o que não disse até hoje a ninguém... Para mim, ele *vê* dentro da gente. Laura, a santidade existe, não é uma história inventada.

— Eu sei que existe.

Que chuva! Desprendiam-se torrentes de cima do barranco sobre o quintal. Laura viu entrar um cintilante caminhozinho de água por baixo da porta. Silenciosa, juntou panos de cozinha, sacos de enxugar chão, vedou a pequena enxurrada, num átimo. Fez tudo tão rápido que parecia já afeita a essa ocupação. Alguma centelha a iluminava, quando voltou, tentando saber quem era o especialíssimo Domingos:

— Você acha que com ele eu poderia falar de religião? Discutir tudo que está escrito nos Evangelhos e é passado e futuro de nós todos?

Aloísio degustava brandamente aquele interesse:

— Mas... nem há dúvida. Não disse que Domingos é tão tolerante a ponto de jamais sabermos exatamente o que ele é? Além disso, em Joaquim Egídio tem muito tempo de ler. Leu muito sobre religião. Quase todas...

A moça vincou a testa. Os olhos fitaram o amante com certa atenção comedida, cautelosa:

— Há muita gente em nossa igreja que não está de acordo com o pastor. Meu pai, por exemplo. Nunca foi às tais reuniões *ecumênicas*. Ele diz... como é mesmo? Ah, assim: "Não se pode barganhar verdade com simpatia".

Aloísio conhecia aquele terreno firme em que se baseava a crença de Laura. Quantas vezes ela não o feria, quando ele trocava acusação por humildade dizendo: "E, além do mais, prefiro gente que diga alto o que pensa". Pior do que isso: um dia, arrumando uma pilha de discos, verrumara-lhe a face com aquela citação das Escrituras e depois cantarolou baixinho: "És morno; eu te vomito".

O moço respondeu com uma doçura carregada, vinda da pena de si mesmo, mas que se derramava, curiosamente, sobre Laura. Sentia, às vezes, uma piedade que envolvia seu amor em tudo. Piedade vinda de tempos antigos, sua fraqueza e expressão mais íntima: um gatinho que morreu em seus braços de menino, enquanto ele lhe empurrava a mamadeira de boneca da irmã; uma surra aplicada pela mãe no irmão mais velho, que gritava, com um antigo cinturão do pai; a criada bêbeda, que se voltara dormindo na cama e machucara o filhinho, a ponto de que se pensasse que o bebê fosse morrer. Teria morrido? Além dessas sensíveis rememorações, tristezas miúdas de todo dia, no escritório. Todo o seu caso com Laura possuía no bojo a condição de piedade já sofrida que se avassalava pelas próprias desavenças e por mil e outras causas que nada tinham a ver com sua história de amor.

— Venha para o quarto — disse Aloísio. — Não estamos aproveitando bem essa noite tão nossa. Vou dizer como acho... que Domingos falaria de você.

Laura deixou-se abraçar, já de pé, beijar docemente os olhos, a boca. Moveram-se as mãos de Aloísio pelos cabelos. Dentro dele uma voz de quem já não sabia o nome dizia:

— Para que um gato fique nosso amigo, devemos, primeiro, coçar-lhe a garganta.

Seu pai, ou Domingos, quem havia proporcionado a fórmula?

Riu, maravilhado, para a graça do pescoço de Laura, circundado de azul. E fez um afago sob o queixo:

— Mansinha?

— Mas eu não sou brava... Bem, fale de Domingos... de Domingos *comigo.* — Já se deitava ao longo do amante. — Se eu dissesse... tudo que é a verdade, mas em que vocês *romanos* não acreditam...

Aloísio olhava o teto. Submergia em pena:

— Acho que Domingos choraria por nós dois.

Laura sobressaltou-se:

— Mas por quê? Porque, como você, acredita no fogo do Inferno? Pensa que nós iremos para lá? Não é possível. Assim, esse fa-bu-lo-so Domingos... Que adianta tanto *estudo?*

— ... Porque nos amamos tanto... E não nos entendemos... nem sempre. Teria uma pena muito sentida de nós.

Ela ficou calada. A chuva tombava com fragorosa violência. As águas furiosas viveram com sua força entre os amantes, cada qual separado por um teor de ideias. Por fim, Laura cortou aquela exasperada presença da paisagem submersa no campo d'água, falando entre os dois. Do ponto de vista de Aloísio, ela lhe parecia agora, a mão sobre o seio, o perfil sereno, qualquer figura recortada num livro de História: ah, sim, era a Virgem no Sarcófago, mostra de arte romana. Ah, ele não podia deixar em paz as reminiscências e tomar Laura exatamente como era? Nem mais, nem menos?

A "Virgem do Sarcófago" saiu da sua frieza milenar naquele instante. Voltou-se, reencarnou-se na brusca amante-problema:

— Se você lhe disser que eu disse... e repito sempre... entendeu?

— ... Entendo...

— ... Que é uma "asneira", assim diz o pastor, esta história de Santíssima Trindade. Nós adoraríamos três deuses... Deus é um *só.* Que o *homem...* ouviu? O homem-Jesus morreu... A morte, sabe como é? A morte, destruição para sempre... Ele subiu ao céu, mas não em seu corpo...

— Você já me disse...

— ... A *segunda* prova... dirá se podemos ou não ter vida eterna. Todos nós recebemos a morte pelo pecado de Adão... Jesus Cristo pagou à Justiça pelo primeiro pecado... E mais... Tem mais. É um absurdo supor que Deus seja capaz de perpetuar a vida, em tormentos... no fogaréu do Inferno. A punição da desobediência... virá, mas na *segunda* morte.

Aloísio teria de ouvir todo esse absurdo, para ele, e calar. Por que não apelaria para o senso do ridículo? Dois amantes em discussão teológica? Estava ali na cama, depois de tremendos e aniquilantes prazeres, ouvindo aquelas eternas proclamações da Igreja do Milênio postas na boca de Laura, entregue a um realismo quase doce. Apesar de tão grande teimosia, impossível não sentir que, ao entregar-se, cedia às suas convicções. Discussão na própria cama do pecado? Então ele não tinha cabeça para impor silêncio àquela obstinada que prosseguia em sua luta religiosa entre pazes de amor, entre beijos e posses nas quais mergulhavam suas invariáveis contendas, pois de qualquer forma, na religião de um ou de outro, estavam entregues à fornicação e, portanto, ao pecado?

Sua voz de homem soou, afinal:

— Domingos, se eu lhe dissesse tudo que você diz... Domingos, sabe o que me responderia? Tenho quase certeza: "Devemos acatar o *mistério da fé contrária*". Essa divergência... seria para ele um *mistério envolvendo a vontade de Deus.* E ele gostaria muito de você, tenho certeza.

9
Alguém está batendo

Sérgio Silva acordou de sua perturbação no diálogo com aquela "menininha" quando bateram à porta. Sabia que se tratava de Geraldo. Mas, no corte havido durante a conversa, a presença do irmão de Carminho agira como estímulo contrário a seu possível respeito, ou coisa semelhante, pela pequena a "pedir uma lição de vida vivida a um homem, não a um padre", como pensou imediatamente depois.

Falou baixo à porta e voltou. Vinha sorridente, meio mordaz, e, no entanto, constrangido. Sim, constrangido.

— Quem era?

— O porteiro. Assunto sem importância.

E riu torto. Despiu o casaco.

Ela andava de um lado para o outro, meio nervosa. A bebida tanto lhe enrubescera a face que estava quase feia. Parecia muito queimada de sol; a pele brilhava, estirada. Foi até a janela-porta, espiou a chuva caindo em cascatas. Não se ouvia o mar, ali junto. Só a chuva escorrendo sem parar. Depois que a luz acendera, Sérgio reparara na vermelhidão de Carminho:

— Parece que você tomou banho de sol.

Ela abriu um botão da blusa, abanou-se.

— Sabe o que estou pensando? Geraldo não vem mais.

— Eu também acho. Deve estar caindo um dilúvio por aí.

Por um sestro costumeiro de jornalista, abriu a televisão, junto. Um locutor falava em desmoronamentos, mandava recados de parentes a outros parentes. Fechou o aparelho. No seu afogueamento, Carminho não compreendeu que ele, um jornalista, sempre interessado em tudo de novo, fechava a provável notícia importante porque tinha as suas perspectivas e o noticiário de desastres poderia perturbar a ocasião única.

— Pare de andar — disse a Carminho. — Sente-se.

Levou-a à grande poltrona, sentou-se junto no banquinho.

— Você sabe que está feia? Cor de tomate, lustrosa...

Puxou-lhe as pernas sobre as suas:

— Que pernas brancas! Há quanto tempo não toma sol?

Prendeu-as entre as mãos firmes. Como Carminho as puxasse, ele continuou:

— Não seja criança. Você me falou como mulher, ainda agora. Quer ou não quer ter resposta às perguntas que me fez?

— Quero, mas está tarde. Mamãe já deve estar preocupada.

Ela olhava um seu quadro: uma locomotiva num quarto. E além — o banheiro que falava de males pegajosos dos homens.

Com seu risinho mordaz, Sérgio comentou, acompanhando-lhe o olhar, quando fixou a pintura:

— O trem é você. Pesado!

Sérgio tirou as mãos de cima das pernas. Libertou-se, como criatura desprendida da fascinação daqueles joelhos rosados e brancos, as coxas aparecendo com a nudez que só a pele muito branca oferece.

— Só perco tempo com você... Tenho artigos a escrever... devo preparar uma boa "tascada" no governo pela prisão dos intelectuais, mas não posso levá-la com essa chuva para casa. E assim... estou à sua disposição.

— O que terá acontecido a Almir com esse tempo?

— Pouco importa. Estamos nós dois aqui. Espero que você compreenda. E *decida* também. Porque, antes de tudo, saiba que a porta está aberta. Se você preferir o perigo lá de fora...

Sérgio levantou-se, foi ao bar, veio com mais duas doses de bebida. Ofereceu, mas Carminho não quis:

— Estou recobrando o meu juízo, acho. Quero ter a cabeça fria.

— Pois bem, seja então: de cabeça fria. — Sérgio bebeu uns goles, sorrindo. — Se você quiser ir para a cama de cabeça fria... melhor. — Guardava nas mãos, no entanto, o calor de Carminho. Suas pernas estavam quentíssimas. — Saiba, porém, que há sempre algumas frases antes. — Pousou o copo no bar, acendeu um cigarro. Fumou-o em silêncio por alguns segundos. — Agora está rosada.

Estava beijável, pensou. Debruçou-se sobre a poltrona, e um vago odor de certa mulher jamais banida no fundo de sua lembrança veio a impregnar a boca de Carminho. Ela não relutou. Abriu-lhe, Sérgio, o segundo botão da blusa. O colo era de menina, rosado, e, no entanto, a mulher casada que um dia não viera mais ali foi revivida com aguda saudade.

A outra dissipou-se. Carminho sentiu sua mão, agarrada, deslizar pelo corpo do amigo. Sorriu boba; o sexo de um homem era uma surpresa meio cômica; não tão assustadora, apesar de violenta. Sorria como uma pequenina muito atrevida, toda feita provocação nesse modo de sorrir e considerar; já agora ria francamente, a mão sempre aprisionada, posta a conhecer a intimidade mais profunda. Sérgio sabia de sorrisos igualmente inoportunos. Davam-lhe ódio das pequenas que encobriam o pudor sorrindo e rindo alto, por fim, como se levassem um susto engraçado. Libertou-lhe a mão, enlaçou Carminho com dureza, e houve a silenciosa vitória do riso trancado pelos lábios de Sérgio, Carminho amolecida, entregue ao beijo, à verdade de uma boca de homem. Se Almir a beijasse seria assim? Não, não deveria ser. Mais doce, embora talvez o gosto de álcool...

Depois do primeiro calor do beijo, ele a deixou.

— Você encontraria um em um milhão que tivesse cabeça para dizer umas tantas coisas.

Estava nervoso. Voltava a fumar. Ela esperava, enquanto o banheiro, entremostrado, aparecia com um sentido de sacrifício já aceito.

— Há muito tempo... — ele falava para a “menina” e, principalmente, para si mesmo — ... eu desejei ter uma experiência sexual com você.

Por que Sérgio dizia as coisas com tal clareza? Por que não repetira o beijo que tanto a perturbara?

— Foi quando, no aniversário de Geraldo, você pôs aquele blusão verde. Aliás, você engana. Parecia ser mais... mais forte. Mas não queria... senão isso. Compreende?

— Acho que sim.

Ela baixou os olhos sobre o decote, compôs-se, abotoou-se.

— É difícil vir a ser tudo... uma espécie de guia... e amor, digamos assim. Mas, se você quiser, eu direi a verdade total sobre o que espera...

— Eu sei.

— Não sabe coisa nenhuma. A prova é que se abotoou. Se você quiser ir comigo... de cabeça fria, terá sua liberdade assegurada.

De costas, disse-lhe:

— O que o incapaz do Almir disse...

— Por favor, não fale dele.

— É verdade. Muita gente... tem horror às virgens. A virgindade é suportável só na sua idade... depois, com franqueza, é praticamente a desmoralização. Mulheres aparentemente vividas... mas que ninguém mais tem coragem de enfrentar, dentro da vida de uma liberdade sexual humana e naturalíssima.

— Não me vá dizer que você me faz *um favor*!

Ele voltou-se. Ria, escarninho:

— Não, nem sua mãe, nem seus irmãos, talvez nem mesmo suas amigas diriam isso... mas é um favor, sim. Amanhã você terá superado esse idiota do Almir. Escolherá seus amigos, dentro de um senso de equilíbrio, é claro que você não irá entregar-se a qualquer cafajeste... E quer saber mais? Se der certo com alguém, poderá casar... Acabou o tabu da virgindade.

Voltou para ela com sede brusca. Tomou-lhe as mãos agora quase frias, beijou-as, abriu a blusa, descobriu-lhe depois o ventre liso e aquecido. Súbito sentiu uma lágrima a deslizar pelo próprio rosto.

— Você não quer?

— Quero — sussurrou Carminho em prantos. Depois foi o escuro, a descoberta da dor, um mar de delícias não alcançado, mas entrevisto, como se fosse de muito, muito longe, a repetição de tudo, daí a minutos de abandono, e, por fim, o banheiro dos homens a acolheu.

10

Ele nunca me beijou

— Mamãe! Mamãe!

A mão batia, arranhava a porta com impaciência, e do lado de lá era um caos de diálogos e de sonoplastia. Valentina havia ligado a televisão. Agora flutuava lá dentro, entre o branco e negro das imagens de um musical e as recordações de sempre. Substituía imagens por imagens; lera "por alto" uma revista, dando entre uma página e outra mirada para o aparelho, e, no meio dessas viagens, permanecia o ir e vir do mesmo pensamento da manhã. Estava doente — sabia que estava muito doente —, e os filhos mal a encontravam para uma conversa mais atenta, considerava ela, chupando uma tangerina, no consolo costumeiro das tristezas compartilhadas com um tanto de gulodice. Até Aloísio não se fora para junto da *protestante*? Mas o nervoso tamborilar dos dedos se fez mais premente.

— Mamãe! Mamãe!

Afinal, ouvira. E ela, que tanto esperara por Carminho! Saltou da cama, cuspindo os bagos da tangerina para dentro da gaveta da mesinha de cabeceira. Bastava que um filho a visse comendo, fora de hora, como gostava, para não acreditar em sua doença. Dois segundos, e a porta revelou Carminho, a boca torcida, tremendo como se estivesse com febre.

— Minha filha! O que aconteceu?

Carminho abraçou-se à mãe. Abraçou-se como havia anos não o fazia:

— Que bom você estar acordada!...

Valentina empurrou docemente a filha. Sentia nela um leve cheiro de álcool. Estava habituada a acompanhar os passos de Carminho atravessando a sala, chegando ao quarto. Depois vinha, inevitável, a música violenta, da vitrola, degustada em solidão — a vitrola ou o rádio —, ela sempre estava encharcada de música, encolhida num canto da cama. Que teria mudado tão vertiginosamente o comportamento da filha? Fechou a televisão, segurou-lhe os dedos:

— O que houve com Almir?

A face crispada mudou. Toda Carminho se entregou, bamba, ao choro. Caiu de bruços na cama da mãe, chorando baixo, primeiro; chorando alto, em seguida; e logo sufocada pelos soluços que a faziam palpitar por inteiro, como pássaro ferido:

— Eu não quero mais nunca... ver Almir... entende? Nunca!

Valentina, que guardara alguma distância, caminhou para junto da filha, alarmada e quase furiosa:

— Aquele bêbedo porco... quis abusar de você?

O pranto se fez ainda mais dilacerante. A mãe aconchegou-se a Carminho, apertou-a nos braços. E se os vizinhos ouvissem? Depois da explosão, a moça, enfim, conseguiu dizer:

— Ele nunca... me beijou... nem me beijou!

Ali estava a sua filhinha. Mas perdidas eram as falas de mãe e filha; entre elas pesava um rio de tempo. Deixado para trás o jeito, o carinho, Valentina ficara sempre em guarda contra aquela inimizade surda que sentia crescer em casa. Agora mesmo, no abraço, contivera o choro. Via-se, no entanto, muda, perplexa, depois daquela frase. Mas Carminho, deixando o colo da mãe, abraçada ao travesseiro, como numa estranha festa de mãezinha de si mesma, foi dizendo mais alto, bem mais claro:

— Não quero mais saber daquele bêbedo, nunca mais! Se ele me telefonar... amanhã..., não estou... Não estou mais, nunca mais, para ele!

Valentina sentou-se à cama com terna gravidade de quem pressente já o mistério do adulto:

— Então... foi isso... bebedeira!

— Horrível, mamãe! Horrível! Ele me deixou esperando no carro... depois eu entrei no bar... Almir estava lá no fim, numa sala fechada... só de bebões...

Valentina ousava passar a mão pelo ombro de sua menina. Ousava mesmo tocar-lhe os cabelos, depois de ter ousado — quanto tempo correra! — apertá-la nos braços. Mas como que a Carminho isso desagradava, pois estremecia — estava tão nervosa! — com o contato dos dedos da mãe. Largou o travesseiro, empurrou a mão que a acariciava:

— Eu vi uma mulher... assim mais ou menos da sua idade... com o marido caído de bêbedo. Eu pensei... se eu... dentro de muitos anos... ficasse uma cachorra velha e triste acompanhando... o dono... bebão.

— Você cortou com o Almir, fez bem. Mas... também não é motivo para tamanha choradeira. Já passa da conta! Vamos acabar logo com esse drama?

— Mamãe, você nunca me compreendeu. Mamãe, eu a-do-ra-va Almir! E agora está tudo acabado! Não posso... nunca mais... olhar nem para a cara dele!

Valentina saiu um pouco de junto. Seu coração batia com violência. Deveria saber dizer alguma coisa... alguma coisa boa. Depois de certo esforço, achou:

— Você quer dormir hoje comigo?

Sim, a chuva caía como no fim do mundo, a menina estava desolada por um primeiro namoro acabado. Viu que acertara, porque Carminho quase sorriu:

— Quero, sim. Mas primeiro me faça um banho... como você me fazia tomar, quando era menina. Um banho com... aquele cheiro de alfazema misturado com limão, sei lá. Ainda tem esse perfume?

Do ponto de vista de Carminho, a mãe, de costas, saindo para o banheiro. "Como é que ninguém diz isso à gente?" Sentia-se monstruosamente mudada. Um terror se abatia sobre ela. Todo mundo mentia, então? Ser mulher seria passar por aquela sujeira? Seria a noção de que estava definitivamente humilhada e devesse agir como quem... como aquela pobre colega da qual se dissera entre risos ter feito dois abortos? Por que a mãe e o irmão nunca lhe haviam contado exatamente o que vinha a ser a famosa revelação do amor? Uma tristeza. E depois... Meu Deus, tanta insegurança! Já não chorava. Ouvia o rumor da mãe no banheiro, as torneiras derramando água — felizmente não lhe faltava agora esse longínquo, mínimo consolo —, e achou ter descoberto uma explicação: se aquilo a repugnara tanto... quem sabe se fora por não ter sido preparada? O próprio Sérgio a guiaria dali por diante?

— O banho está pronto, Carminho. Ainda bem que agora temos água.

A banheira cheirava a tempos intactos, a alfazema, a limão. Mas tudo em volta — e só então começou a reparar nos frascos de remédios — dizia da preocupação de saúde da mãe. Despiu-se numa pressa tão insuportável que rasgou a combinação, o que valeu imediata lembrança de um detalhe, quando Sérgio lhe rompera a alça do sutiã. A luz muito clara na lâmpada — mais forte para que os irmãos se barbeassem ao espelho — a devolveu em tranquila, aparente normalidade. Mas amanhã e depois se lembraria. Afinal, ela pertencia a um homem. Ou não? Agora não é mais assim? Meu Deus, como o veria de novo? Bulia dentro d'água ligeiramente esverdeada pelo sal de banho. Meteu a cabeça dentro da banheira, experimentou ficar sem respirar. Aquela tenebrosa amiga de sua mãe não contara sobre a criminosa que ficara seis minutos na câmara de gás, contendo a respiração, esperando firmemente o perdão do governador (de que estado americano?). Seis minutos! Não conseguia, achava, prender a respiração nem por três... A criminosa respirara e então morrera, depois daquela esperança ou daquele ato de fé que a fizera suster o fôlego por um tempo imenso de sacrifício. Ela lutara por ficar viva, mais um minuto, um minuto... mais um.

— Mamãe! Mamãe!

— Pronto. Não acabou? — A voz da mãe arredondava no meio sorriso: — Como vai esse banho de... odalisca?

— Não brinque, mamãe. Vou sair logo. Quero saber se você ainda tem aquele remédio para dormir...

— Tenho. Só durmo com ele.

— Você me dá? Preciso tanto!

Havia um tom lastimoso. Mas, saída do banho e metida no roupão, os cabelos limpos e enxugados numa toalha ainda passada ao redor da cabeça, Carminho sentiu um ânimo melhor. A mãe lhe deu um copo d'água e duas pastilhas de sedativo.

Entraram, ambas, sob as cobertas. Carminho, antes que Valentina apagasse a luz, perguntou:

— Você quer dizer... como são os homens?

— O quê? — O rompimento com Almir parecia ter transtornado a "menina".

Valentina antes de deitar-se observou, no alto da cortina, o lugar onde a mãe e o tio não haveriam de aparecer — pelo menos agora.

— Filhinha... eu não sei. Não sei mesmo. Vivi dez anos com seu pai. Dormi dez anos com ele... nesta mesma cama. E até hoje... não consegui saber por que foi que se matou. Eu não sei como são os homens. Para dizer a verdade... acho que nenhuma mulher sabe. Pode ficar por perto, sendo mãe ou então tendo casado com ele. Mas há sempre um *mas*.

Houve chuva caindo. E um leve vento ondulou a cortina da qual desertaram as sobrancelhas escuras e queridas. Valentina não tinha sono. Possuía a sua menina, ao lado, atribulada por um tolo acontecimento — para ela, feliz, a quebra de um namoro que só lhe trazia sustos. Verificava em ampla doçura que se enganara. Ela amava os filhos, sim. Bastava que a menina chorasse e...

— A explicação... mais razoável... é a de que seu pai...
— Papai...
— Sim, seu pai era delicado demais... para viver num mundo de grosseria. Era um príncipe de outros tempos escondido, parece, no meio da gente. Ele me fechou sempre os olhos sobre as nossas dívidas... até que pôde... Mas não quis ser humilhado... passar vergonha. O que... é apenas uma suposição... Pois, afinal, nem perdemos a casa e não houve nenhuma catástrofe... a não ser a morte dele... Mas eu tive de trabalhar... Meti-me num balcão vendendo passagens, depois me associei à sua tia na loja de vestidos. Naquela época, com vocês para educar, apenas a pensão de seu pai não bastaria.
— Isso me lembro... Onde... está agora a minha tia?...
Perguntava e já caía no sono.
— Brigamos. Culpa dela que tinha um gênio...
Carminho dormia profundamente.
Valentina tomou também duas cápsulas do remédio. Durante algum tempo, revolveu-se mansamente na cama. Doía-lhe o ventre. "Amanhã irei consultar... Devo telefonar bem cedo a Malva." Pela primeira vez, depois de meses, esqueceu a comunhão dos mortos. Era tão bom ter assim, ao lado, a filha, dormindo como um bebê que descansa depois de chorar por qualquer motivo. Amanhã iria tirar "a limpo" essa questão da saúde. Fora sempre excessivamente nervosa. E, na verdade, muitas vezes quisera ter morrido. Mas... não era maravilha ter a filha que a buscava, queria dormir com ela, por um desgosto pequenino, mas que as meninas exageram?

11

Depois da fronteira

Era doce encostar a cabeça à mesa, fofa e macia como um travesseiro angélico, sorrir beatamente às inefáveis delícias da própria inteligência, pontilhando de lúcidas observações os discursos que o homem só, seu vizinho, fazia para a sala, mas sem conseguir meter a língua em diálogo. Na fronteira do país da bondade e do espírito, havia a amiguinha esperando, ele sabia. Um pouco só de espera do lado de lá, e Almir recomeçaria o trabalho roçando aquela companhia cada vez mais gostosa de Carminho. Além do limite ficavam dona Rose, na sua estrita chatice, e algumas questões, como, por exemplo, uma fatal verificação de que estava ganhando tão pouco que não dava sequer para beber — quanto mais para casar. E quem falava em casar? O vizinho de mesa? Respondeu, rindo-se aos engasgos na sua degustativa intimidade com o eu cintilante:

"Pendurar a conta a gente pendura — mas e a mulher?"

Havia sempre a jovialidade em torno, sempre os risos. Ele abriu os olhos. Viu-se no quarto, vestido, em cima da cama. A roupa estava encharcada. Transpusera, de volta, a fronteira da imponderabilidade e da comunhão espirituosa. Agora se via a transpirar no quarto escuro, nele tão deslocado quanto um defunto em dia de sol. "Que diabo quer dizer esta roupa molhada? Parece até que eu..."

— Ah! — lembrou-se. Chovia em cascatas, ele havia entrado no bar... Sucedera, então, um hiato. Alguém não muito gentil, apenas gentil, o pusera num carro e o trouxera como um gato semiafogado para a cama. Teria sido Carminho?

Pulou para o telefone, colocado diante da janela, numa cômoda baixa. Discou o número. A voz de Valentina soou sem a mais leve simpatia:

— Ela não está... Não posso demorar... Estou saindo.

Desligou. Deveria ter sido Carminho que o *descobrira*. Mas saberia fazer as pazes. "Agora que eu estava tão habituado à companheirinha! Por que não deixei a menina em casa antes?"

Foi ao banheiro, sacudiu a roupa; caíram papéis — a entrevista com a vedetinha do *strip*, as notas sobre a prisão dos intelectuais... Meu Deus, que horas seriam? Não encontrou o relógio; alguém o retirara do pulso... "Um ladrão. Um sem-vergonha de um roubão que me pegou desprevenido." Quando voltou do banheiro, os dedos tremendo um pouco — não, não era da bebida, estava nervoso, é claro —, como que um tênue chamado veio de sua mesinha, pedindo atenção: ele atendeu, chegou perto, viu a maravilha: o relógio-pulseira estava ali, marcando meio-dia, também a caneta-tinteiro e até um caderninho de couro italiano com o retrato de Carminho que ele descontaminara das outras, da mesma fotografia: cara de coelhinha honesta. Carinha cem por cento. Como tivera a pequena forças para arrastá-lo *morto* até ali? Quem sabe se o garçom, o... "Bem, vamos deixar de indagações. Dona Rose deve estar com ferocidade muito particular. Enfrentemos, enfrentemos a oncífera criatura."

Discou várias vezes números diferentes do jornal; os telefones sempre estavam ocupados. Por fim, atendeu a telefonista: nem deu bom-dia; meio desvairada, ligou para outra sala, onde um repórter o despachou:

— Sai da linha, rapaz, o tempo fechou aqui. Tenho que telefonar para mil... sai... depressa. Não posso chamar a Rose...

E, depois de tantas dificuldades, ele teve a seu ouvido aquela voz espaçada, meio plangente, digna, mas perfeitamente ressentida em mágoa vestindo cauda da rainha-mãe:

— Você me desculpe. Estou saindo para o Maracanãzinho com a Kombi. Esperei você até agora... O serviço era seu. Mas aquele menino... aquele novo, sabe?... vai comigo.

— Dona Rose, sinto muito. Ontem fez um tempo dos diabos...

— O Milton da Agência já me deu as fotografias dos intelectuais...

— Tem a entrevista com a vedetinha...

— Vou para o Maracanã. Muita gente refugiada. Eu não vou, mesmo, publicar *essa*, já... É fútil demais.

Era uma chatice aquela boa educação de onça que não urra nem mia, mas fica andando de um lado para o outro. Ela deveria estar andando pra cá e pra lá, o fone na mão, era seu costume, mas sempre guardando aquela pretensa elegância mental.

— A senhora está zangada?

— Não, rapaz. Você não dá para o trabalho. Eu não posso contar com gente assim como você; não podemos parar por sua causa. Amanhã venha aqui que vamos acertar as contas...

— Queria dizer... eu meti uns vales na caixa.

— Bem, cuidaremos disso amanhã. Até logo.

Devia ser mentira. Onde se viu dona Rose ir ao Maracanã para fotografar desabrigados? Nem a mãe dela sem-teto ela quereria ver... Uma grã-fina vigarista, sem um mínimo de sentimento. A essas horas já havia arranjado outro *cavalo*, como eu, para *montar*. E o que me dá mais raiva é aquele jeito de sair da pista como grande dama. Uma aproveitadora, isto sim.

Deu-lhe uma sorte de furor sarcástico. Juntou todos os fotógrafos de jornais que conhecia — viu-os, a seu capricho, transformados nos últimos lambe-lambes, despachados para um tempo anterior de paciência e humildade. Viu os melhores colegas, munidos de máquinas antigas, agarrarem os passantes do Passeio Público, do Pão de Açúcar, ou encarnados nos "assaltantes" da calçada do Municipal, que fingem tirar as fotos e depois "repetem" o feito, em ciranda miserável. Afinal, tinha ideias próprias, ele não sugerira tanta coisa a essa miserável dona Rose? Por que formar no marginalismo? A dona do apartamento em que morava, quando chegavam visitas, costumava apresentar: "Aqui, o dr. Almir, escritor e jornalista muito conhecido...". Preferia dizer assim a declarar com possível simpatia: "Um fotógrafo...". Mas sabia que não colava.

O dia começava para ele com sol alto, a perspectiva do solene desemprego, a vergonhosa expulsão e, ainda pior, a perda de Carminho.

Ligou o telefone. Disse "pronto" — desligaram.

"Foi ela. Nem me quis ouvir." Tomou, em angústia, as mãos a tremer cada vez mais, o partido de barbear-se. "Um tio meu garantia não haver desgosto nem febre que não acalmasse com uma barba bem-feita e sobretudo um bom corte de cabelos." Genial. Dava para anunciar na televisão. A sua cara lhe fazia companhia, triste, desconfiada, bruta, olheiruda e muito ressentida. Emplastrou-a de sabão, com raiva, começou a fazer correr a lâmina, na dificuldade dos dedos trementes, quando o telefone o sacudiu.

Pulou para ele. Só podia ser Carminho, arrependida por não ter atendido. Disse um alô galopante e esperto, correndo num átimo, já, como um poldro solto num prado, ágil, feliz da vida.

— Seu Almir... quem está falando... — era uma voz gorda e boa como um seio redondo no ponto do aleitamento — é a pessoa que veio com o senhor para casa... — uma fala bem de mãe dos outros.

Almir descompassou-se:

— A senhora... a senhora me trouxe ontem para casa?

— Sim, meu filho. Fui eu. Tomei um táxi para levar meu marido; então, o garçom me disse que o senhor morava junto... sou sua vizinha de quarteirão. O chofer me ajudou aí...

Que vexame! Que estupidez! Mas a mulher do bebão velho prosseguia com firmeza inexorável:

— Resolvi quando o garçom empurrou e o senhor caiu na enxurrada...

Aquela voz de mulher reduzia-o a um mínimo de gente. De todas as emoções contrárias, essa fora a pior. A fiel companheira do homem bêbedo não deveria encerrar logo a conversa:

— Encontrou direitinho o relógio, a carteira?

— Tudo, na mesa de cabeceira. Devo tomar nota de seu endereço para... pelo menos fazer uma visita...

— Não precisa, meu filho. Eu só queria dizer uma coisa... Posso?

— Ora, depois que a senhora sofreu horrores... para trazer meu cadáver...

— Não estou brincando. É sério. Eu... sou muito culpada... por meu marido. Quando tinha a sua idade, eu dizia... ele é muito moço, *tudo isso passa.* Uma cabeça como a dele! Foi vereador até. Sabe que foi? Podia ser deputado, senador. Hoje é um aposentado. Está doente... Não tem mais jeito, é grave. Mas você tem. Passo o meu tempo com ele... Vai durar pouco, até ele mesmo já sabe. É um homem muito bom...

A voz da mãe dos outros calou, num silêncio quem sabe se habitado por um secar de olhos. Almir só disse, em vez do discurso que lhe vinha à mente:

— A senhora pensa que é do Exército da Salvação? Com tanta chatice, é lógico, só bebendo como uma cabra velha igual a seu marido.

O desaforo ficou em nível mental. Almir murmurou um brusco "obrigado", desligou e se foi ver ao espelho; grotesco, aterrorizado, um caminho de pele raspada no meio da espuma e o olho mau do deus zangado na pupila atenta dentro do cristal.

*

O fotógrafo percebeu, enfim, que se fixara no espelho como a própria objetiva tornada rancorosa. Continuou a barbear-se e, depois de massagear-se com loção, suportou melhor a figura, todavia reticente. O tempo o devoraria com certeza. Sem tarefa, nas vinte e quatro horas, sem namorada, as mãos trêmulas, ainda mais depois da bronquinha da mãe dos outros, sabia que conseguiria afastar o ato de beber se fosse a um cinema (cedo!) ou se executasse alguma tarefa (tarde!).

Bateram à porta. Era o filho da dona do apartamento, trazendo o jornal. Agarrou a folha, predispôs-se a dar uma olhada. Já havia fotografias do Maracanã, montes de gente sofrida, de inundações, de desbarrancamentos, os bombeiros em ação. Na edição do meio-dia, a prisão dos intelectuais passara para a terceira página. Viu-se, avulso, a inquirir criaturas sem-teto, para oferecer, em seguida, o trabalho a companheiros de redação. "Acho que não gosto dessas coisas porque sou muito pobre." Lembrou uma frase genial de certa dama (atribuíam a Eva Perón a pequenina fábula) que ia de visita aos bairros pobres vestida com grande luxo e toda coberta de joias. "Não é melhor tirar os brilhantes? Os pobres podem ficar... ofendidos...", aconselhara o secretário. E a senhora: "Que estupidez! Você não aprendeu, então? *O que os pobres mais detestam é a pobreza*!". Há um ano sofrera na própria pele com determinadas falas de uma escurinha,* amontoada com outros fugitivos da sua favela, no saguão de um grande colégio de freiras. "Você não vai jantar?", Almir perguntara. "Não vou, não senhor." "Está com fome?" "Estou. Mas, se sair daqui, me carregam meu rádio e a televisão que ainda não acabei de pagar..."

Porcaria. Ele não iria ao Maracanãzinho. Não importava que os meninos do clube dissessem que ele era um alienado. Atirou o jornal coberto pela triste geografia de um mundo em ebulição: queda de barreiras, alagamentos, mortos na inocência da noite, artistas de cinema descendo no Galeão e

* "Escurinha" é uma forma depreciativa de descrever o pertencimento racial de uma pessoa e revela a perpetuação de estereótipos racistas na vida social brasileira.

mais os ecos perdidos do protesto dos intelectuais em cima de sua mesa, protegida por um vidro espesso, a enclausurar fotografias ontem guardadas por uma escolha sentimental: Marilyn Monroe, seminua, à véspera de morrer, um gato com língua de fora, o apetite contido pela boa educação humana que lhe ensinara a convivência com os pássaros. (O bichano suportava um canarinho pousado na cabeça espevitada pelas orelhas pontiagudas.) E rente ao gato "o retrato do velho". Getúlio supermaquilado, de lábio escuro e redondo, apresentado por um retratista oficial. No campo das figuras, um recorte sobre "A morte de um presidente", de Manchester.

Almir ficou ali, absorvido pelo seu tempo a cumprir. Repugnava-lhe a ideia de procurar os colegas, oferecer-se, alugar-se no retrocesso da segunda mão. Juntou a voz da dona do apartamento... "jornalista e escritor" à sua deplorável experiência. Se a gente que lê soubesse por dentro como é a maioria dos jornalistas!... incapazes de passar num exame de ginásio... de português. Dona Rose, mesmo, não tinha os seus revisores, os seus colaboradores? Logo, escrever certo não era problema. O problema era o assunto. Sair por aí e achar, eis a questão. Estava por dentro de todas as bossas. Um seu colega não virara repórter famoso porque arranjara umas meninas conhecidas e bolara um troço genial mesmo? "Aventura no sábado." Fingia que encontrara as pequenas por acaso, andara do iê-iê-iê à Barra da Tijuca e formara uma espécie de historinha maluca; no fim tinha uma confraternização com macumbeiros do Leblon e depois, sol raiando, comilanças de ostras ao natural. Também isso tudo, sendo ótimo no vender revista, não era lá muito bom para seu gosto. Voltou à natureza-morta da triste Guanabara flagelada, do retratinho de Getúlio e do recorte "A morte do presidente". Pensou alto:

— Achei. Aguenta a mão aí, pessoal, que eu já vou. Vou fazer a maior reportagem do Brasil: "A morte de um presidente", mas do *nosso*. Os americanos estão suando sangue com seus repórteres-escritores. Mas nós deixamos morrer o assunto com o velhinho... Aguenta, pessoal, que eu já vou...

12
Diálogo do tabique

Valentina, deslizando para fora da cama, deixou Carminho dormindo ainda abraçada ao travesseiro, terna e colorida no campo branco, como borboleta presa no papel. Não mudara a posição a noite toda. A mãe escapou pelo quarto, saiu, voltou; havia esquecido a benzedrina. Tomou um comprimido. Depois de vestir-se no banheiro, telefonou e desceu. Ao chegar ao saguão da entrada do edifício, lá estava o porteiro, recebendo um telegrama:

— Deixa para ler na volta. Capaz que não seja bom! A senhora já anda tão encerada!

Valentina abriu: "Sigo amanhã voo 440 PT Domingos".

Ela confidenciou, entortando o rosto bem-humorado:

— É meu cunhado que chega!

O porteiro concluiu:

— Um tempão que ele não vem aqui! — Enterneceu-se. — Vai ver que está um caco, que nem a gente.

— Dê o telegrama a Carminho, logo mais...

Valentina transpôs a grande porta de ferro. Passava um táxi, tomou-o, deu o endereço de Malva. Ia ao médico em novidade de sentimento, quase pedindo perdão de longe a Domingos por tê-lo chamado. Depois da calma noite ao lado da filha, e da benzedrina, recuavam, para confins, os receios de uma doença implacável. Malva a esperava, brandindo o jornal. Bendita Malva dos acenos à distância, as "novidades" à espera! Estava sempre assim — jornal na mão, pronta a dar a pior notícia, sabendo ter freguês certo no público devorador de tragédias. Valentina a beijou, ela cruzou por suas pernas os joelhos secos e ossudos; sentou-se recendendo a farta água-de-colônia, o que fez Valentina abrir o vidro:

— Você nem imagina! — Malva suspirou.

— Já sei. Desbarrancamentos... desastres... os flagelados no Maracanã... Desta vez você não me pega.

— Sinto muito, Valentina. O Professor Santana morreu. E olhe aqui o retrato do Geraldo.

Valentina pôs os óculos. Tinha um certo ciúme de Santana, que, achava, roubava muito do afeto do filho. Leu conscienciosamente a nota, conferiu, pesando por cima dos óculos, algum detalhe:

— Foi uma sombra em nossa vida. E é capaz que ainda estrague Geraldo com todo esse comunismo, mais para os outros, de quem nunca pegou no pesado. Será que lá na Agência vão gostar dessa fotografia?

Seguiam pela praia. Arrependeu-se um tanto, porque, sem saber como, se contradisse:

— Queria bem ao menino. Isso sim, gostava e muito. Levava para passear nos domingos... Parecia até uma praga: um agarrado à batina de padre, outro metido com esse comunista. Reconheço que mostrava por Geraldo... quase um amor de pai.

Ficaram aí. Malva perguntou ainda se Valentina queria que ela estivesse presente ao exame do médico.

— Não, fique lá pela sala de espera que já me ajuda muito.

Quando chegaram ao consultório, na praia de Botafogo, um casal vinha saindo. Ela parecia muito acalorada; o marido, triste e confuso. Uma frase ficou no ar, dita pela mulher:

— Repouso é o remédio mais difícil e o que custa mais caro.

Desde que tivera Carminho — há mais de vinte anos, portanto —, Valentina não fazia um exame ginecológico.

Adiara aquela consulta até que lhe vieram as pequenas hemorragias que se iam amiudando.

Entregava-se agora à inspeção do médico, o calor na face, o coração precipitado, moída de vergonha.

— Dói? Dói? Aqui dói? — perguntava o doutor.

Valentina via um tabique coberto por fotografias e diplomas de sociedades científicas. Do lado de lá estava um colega que ia dialogando com o doutor por cima de seu exame; apertos dos dedos hábeis em conhecimento, perguntas íntimas e em seguida a frase para o interlocutor invisível:

— Mas na Suécia a técnica operatória... — Vinham expressões incompreensíveis para ela.

O médico desconhecido por Valentina parecia o herói brasileiro de uma Europa rendendo, toda ela, por meio de professores e obstetras, a homenagem ao nacional bisturi. E aquele que a apalpava sondava igualmente, além do tabique, possíveis mazelas nos meios estatais da medicina europeia.

Enquanto aqui prosseguia o exame — o médico acendia uma lâmpada —, lá, além das medalhas e dos retratos, se andava por Paris, por salas atrasadas, "até sem o mínimo de higiene, para nós, brasileiros...".

Valentina ia pensando que mais uma vez se enganara, julgando-se muito doente. Se estivesse em estado grave, o médico teria uma atenção mais especial, suspenderia a conversa. Os filhos tinham razão. Ela sempre fora uma impressionada. Mania de doenças!

— Pronto, minha senhora. Vista-se...

— Mas o que eu tenho... posso saber? A gente vê e lê tanta coisa... sobre essa doença... fica impressionada. Não deviam publicar tantos "sintomas" que qualquer um pode ter...

O médico ia responder. Preferiu, porém, dirigir-se ao tabique:

— Por favor, não vá embora já... Ainda temos que conversar sobre a Rússia...

Pôs os olhos retos e duros em Valentina:

— Espero a senhora no escritório, ao lado...

*

Enquanto Valentina se vestia, quase humilhada pela experiência física do exame e receosa de enfrentar as brincadeiras dos filhos — Geraldo costumava pilheriar: "Mamãe olha para os vidros nas prateleiras das farmácias como bêbedo para as garrafas de botequim" —, o médico fez entrar Malva no escritório:

— A senhora é a irmã?

— Sou amiga...

Chegava a enfermeira avisando:

— O Professor diz que não pode demorar mais...

— Questão de cinco minutos... Diga que faço empenho, está percebendo?

Voltou-se para Malva:

— A cliente tem alguém da família... responsável?

— Tem os filhos dela... mocidade de hoje... a gente não sabe nunca...

O médico colocou os óculos de grossas lentes com as quais fizera o exame em Valentina. Seus olhos se hipertrofiaram num aspecto desumano, como se a parte de cima de seu rosto... "Parece cabeça de peixe", imaginou Malva:

— O que ela tem não é grave, não é, doutor?

— Gostaria de responder afirmativamente. Faltam-me ainda os exames... Mas pela simples prática... devo admitir — buscava palavras, com raiva, abria e fechava gavetas — que se trata de um tumor... infelizmente, assim à primeira vista, não mais em condições técnicas de operação...

— Quer dizer que ela tem... o pior?

O médico achou o que estava procurando. Tirou os óculos, a face voltou a um ascetismo natural e impermeável:

— Deve ser internada. Pode ser que a natureza... não seja a mais virulenta. Direi os exames de que necessita... E precisa de alguém...

— Com carinho?

— Com carinho.

— Adeus, minha senhora.

Malva saiu pela porta que dava para a sala. Quase em seguida, Valentina entrou pela passagem do gabinete clínico.

O médico já estava de pé:

— Devo ser breve. Estão esperando... Tem algum hospital conhecido... para fazer os exames?

Valentina crispou-se:

— Sou sócia da Ordem...

— Está bem — disse o médico visivelmente contrariado. — A senhora deve passar por um exame mais completo... Já me disse que há mais de vinte anos não consulta um ginecólogo... Se sentir dor, tome estas pílulas... — Era a amostra de medicamento que tanto procurara. — E deixe de lado os estimulantes: eles ativam a corrente sanguínea; não é bom para o seu caso...

Valentina viu que ia sair dali sem um esclarecimento.

— Mas, doutor, o que é que eu tenho?

— Nenhum clínico faria um diagnóstico sem pedir esses exames. Estão aqui nesta guia. Tome estas ampolas anti-hemorrágicas e estas vitaminas...

Valentina, que se sentara, viu-o como se fora do fundo de um fosso:

— Eu não tenho medo de morrer... Diga, doutor.

Levemente as pestaninhas pretas da mãe apareceram, batendo, no alto da parede, acima da fotografia de uma sumidade internacional. "Você nos tem a nós!..."

Ele a puxou pela mão, fê-la levantar-se, empurrou-a quase até a porta da sala:

— Vai ver que vai logo melhorar. Depois dos exames volte...

*

Logo que retornou à sala, Malva foi à lista telefônica. Sempre ouvira Valentina falar na irmã com quem se desentendera. Se encontrasse o endereço... Procurou, na rua da Tijuca, onde certa vez, do alto do ônibus, Valentina mostrara o prédio de quatro andares: "É aqui que mora aquela ingratona".

Ingrata ou não, já que a doença era tão séria, seria ela, a única irmã, a companhia requerida pelo médico. Talvez não fosse capaz de dar carinho, mas, pelo menos, ela, Malva, ficava em paz com sua consciência. Vivendo a espalhar dramas de jornal, era possuída por um pânico esmagador quando o mal vinha para junto. Desmaiava em enterros de parentes, perdera quase a fala quando, por muitos meses, vira um irmão morrendo aos poucos, a paralisia subindo. "Pronto. Ah, Senhora Aparecida! Achei!"

Fechou o livro, trêmula de satisfação. Achara o endereço.

Instantes depois, Valentina saiu do consultório:

— Vamos embora. Não estou nada satisfeita com esse médico... Não diz direito o que a gente tem!... Vou fazer um horror de exames!

A outra não abria a boca. Mas na rua, com grande espanto para Valentina, Malva perguntou:

— Você se importa de voltar sozinha? Eu tenho umas compras a fazer pela cidade e aproveito...

Valentina disse um "até logo, obrigada", mais adivinhado do que real. Malva a viu, um pouco pesada, senhoril, dar-lhe as costas, chegar ao ponto dos táxis. "É assim que nos acabamos, enquanto todo mundo esbarra na gente sem saber", pensou. O chofer que a tomou jamais poderia supor o que estava acontecendo com a passageira. Nem a própria Valentina. Malva ia andando, voltou-se mais uma vez. Um homem magro levava o lenço à face, espalmado pelo vento. Era tão claro, o sol brilhava, e ele formou uma figura sem rosto. Pensamentos atropelaram-se na criatura. Sentia seus gambitos secos, muito fracos, uma ligeira ânsia no estômago. Passavam ônibus, carros, ela tomou o que a conduziria à Tijuca. O vizinho de assento lia um jornal carregado de calamidades. Malva fechou os olhos; naquele momento sua curiosidade estava apagada.

13

Jardim de Elvira

Na esquina, um paradisíaco espetáculo de móveis, em dez prestações; um sofá vermelho e quente que se abria à noite à maravilha de um casal disposto ao amor sobre molas dulcíssimas e até musicais. Ao lado, o espelho cercado de ouro, posto sobre uma mesinha de alabastro. "A Tijuca tem suas coisas", hoje admitiu Malva, dentro de seu complexo de Zona Sul. Voltou a esquina, viu uma carrocinha de frutas e verduras, quase tentou a experiência de comparar os preços; estava, porém, chegando ao prédio de Elvira — a "ingratona" —, que morava no térreo, com um pequeno jardim de gordas samambaias e outras folhagens lustrosas alegrando a calçada. Havia, mesmo, uma trepadeira de cachos amarelos, um jasmineiro, plantas de fazer tisana antiga. E a porta, escura, vinha no corredor "futurista" com pinturinhas ainda vivas do tipo dos anos trinta e tantos.

Malva tinha medo de respostas grosseiras. Qualquer um a poderia derrubar fisicamente dizendo um simples nome feio. Uma tímida, cuja única aventura era o noticiário dos jornais. Por isso, hesitou em bater na porta até que uma menina de seus dezesseis anos, franjinha e pasta debaixo do braço, vinda lá do dia a encontrou assim perplexa:

— A senhora procura dona Elvira?

— Procuro, sim, minha filha. Mas não sei se vou incomodar...

O estômago encolhia, o homem sem rosto se interpunha sobre a porta escura.

A pequena tocou a campainha. E outra menina — cachorrinho pequinês, os pelos entrando nos olhos — veio abrir.

— Tem uma visita para dona Elvira...

A que abrira a porta fê-la caminhar e sentar-se. Era uma sala grande, com duas portas dando para o jardinzinho. Uma longa mesa, ocupada por pilhas de livros sobre os quais se debruçavam mocinhas e senhoras em aventais coloridos. Todas falavam em alegre confusão. Flutuava um cheiro de cola, de couro, de tinta... "que sei lá", pensava Malva. "Mas tudo isso me bole ainda mais com o estômago."

Uma começou a cantar, outra corrigiu: "Não, não é assim", entoando de maneira mais alta e pura a marchinha da moda. Malva estava sentada junto a uma das portas. Sem que a apresentassem, conheceu Elvira. Era Valentina, mas ainda maior, mais desabrochada e mais jovem. Examinava o trabalho de uma sua aluna de encadernação, abrindo o livro com certa violência, para mostrar a dureza do trabalho que não resistia, não se adequava... Deu uma explicação, observou duas ou três lombadas, veio direto a Malva:

— Bom dia... mas se for alguma vaga, impossível. Como a senhora está vendo... é assim o dia todo!

— Eu queria falar com a senhora...

— Sei. Mas não posso, mesmo, abrir exceções. Trabalho demais... — Suspirou. — E ganho pouco, com esta alta louca do material... a vida caríssima. Em todo o caso, não me queixo...

— ... Eu preciso...

— Sim... Um trabalho, como a encadernação, faz muito bem ao espírito... mas nós não temos mais, para tão cedo, nenhuma desistência...

Malva quase chorava, perdida e desencorajada por aquela aluvião de palavras. Depois do canto — um riso, mais uma piada, e em seguida alguém começou a usar uma tesoura a morder, gemente, folhas e folhas de papel. "Meu Deus, dai-me forças!"

— Dona Elvira, eu tenho um assunto *particular*.

A grande e forte boneca bateu as pálpebras sobre os olhos claros:

— Você me vem falar de minha irmã? — perguntou aquela tonta, enfim surpreendentemente lúcida, inspirada como se fora pelo Espírito Santo.

Enrodilhou-se Malva, jocosa, enfim grata, depois do susto.

— Mas agora eu não posso — tornou Elvira.

Malva pôde levantar-se. A cabeça da outra subia muito além da sua:

— É muito grave — disse por fim a visitante, mas a alegria que lhe irrompera por dentro era cada vez mais animal e difícil de ser contida: — Como foi... que soube que lhe queria falar de Valentina?

— Só tenho uma pessoa no mundo. — Depois da declaração, a boca endureceu: — Aquela teimosa e briguenta!

As mocinhas silenciaram. Com óculos, com franjas, com fitas, espiavam todas, das perspectivas da longa mesa. Sentiam no ar qualquer mudança. O vento bateu. Folhinhas se desprenderam.

— Meninas — disse Elvira —, tenho um assunto urgente hoje. Depois de amanhã, à mesma hora...

Houve um rápido tropel; arrastar de banquetas, despir de aventais, adeuses, e logo as alunas se foram em escalas de sandálias frescas, pouco estrepitosas.

— Foi Valentina quem mandou...

— Não; ela nem sabe, nem sonha que eu vim.

Um fardo enorme se dissiparia. Malva iria, enfim, livrar-se de tudo:

— Sua irmã está muito doente...

Elvira alargou os braços desconsolados, bateu em seguida, enérgica, nas cadeiras:

— E o que a senhora pensa que ela tem?

— Pensar... não penso nada. O médico disse...

De súbito, Elvira reagia, gaguejante e agitada:

— A senhora é toda confusa. Vem aqui, eu penso que quer estudar, depois entra com uma conversa... desculpe, mas não faz nenhum sentido.

Se Malva fosse mais inteligente, perceberia na reação de Elvira o sentido das brigas havidas entre as irmãs; como não era, a timidez a sufocou, quase. Adotou o partido dos fracos; não dizer a verdade quando não a aceitam — gritá-la, se possível:

— Valentina... está com... um tumor... *maligno*! Pelo que o médico deu a entender.

A outra passou por um hiato; de olhos vidrados, ficou algum instante perdida. Em seguida, falou com muita frieza:

— Em nossa família nunca houve um único caso de câncer... Valentina deve ter impressionado o médico com suas histórias de doenças. Ela tem uma saúde de ferro... Sempre foi muito mais forte do que eu...

Essa agora! Malva jamais poderia esperar pela reação da irmã. Aguardava uma crise de lágrimas, os soluços a sufocarem, e ela, Malva, jeitosamente, a dizer alguma palavra boa, de animação. Não quis, entretanto, sair, com medo de si mesma — se não a convencesse, teria de ir cumprindo seus dias e dias em visitas à amiga na casa de saúde, vendo-a morrer aos poucos, na realidade mais repugnante e insuportável para seus nervos. Elvira, com o ardor de uma ginasta, levantou prensas, carregou pilhas de livros, arrumou a sala. Por onde Malva poderia alcançá-la? O senso do dizer mal do próximo, sempre útil para a abordagem das confianças, veio por fim:

— Se Valentina não tivesse os filhos que tem, eu não vinha. Mas o médico disse que ela precisa de *carinho*...

— Estes médicos! — disse a irmã, em plena inconsequência. — Em lugar de tratarem dos doentes, recomendam carinho... Aliás, como eu já disse, Valentina não está doente...

A longa mesa foi coberta por um pesado pano de veludo de cor duvidosa. Antes de estendê-lo, Elvira bateu com ele no ar. Fragmentos vieram, de laca, de purpurina, ao nariz da visitante. Dava Malva por encerrada a inútil visita:

— Então, a senhora me desculpe. Tenho que voltar à loja... saí com licença só para a parte da manhã...

Elvira, a toalha esticada, deu duas pancadas ocas na mesa:

— Essa é boa! E o que é que você veio fazer, então, aqui?

— Bem, foi diferente do que eu pensava... Cada um tem o seu modo de pensar.

A bonecona saiu do canto da mesa, pousou a mão pesada no frágil ombro da visita:

— Você veio ou não para me levar?...

— Vim — disse Malva, tremendo toda.

— Então espere! Não vê que estou dando ordem na casa? Mas, antes de ir, você precisa de uma lição. Que pensa que médico é?

— ... Médico é o que... bem, é o médico. É quem decide sobre a saúde...

Elvira deu uma risadona doce:

— Médico é um *igual* a nós, às vezes muito mais burro até. Eu sei mais sobre Valentina que esse doutor. Quer apostar?

Ah, Deus do céu, que irmã estranha essa, a de Valentina. O estômago estava cada vez mais comprimido, Malva só queria ir embora. Ergueu-se:

— Não aposto, por minha convicção religiosa...

— Que é que tem religião com aposta? Pois olhe! Eu desafio você, esse tal médico, todo mundo e quem quiser, como Valentina não vai morrer de câncer! Se você quisesse, eu apostava até um *milhão*!

Era tarde para voltar atrás. Do jardinzinho, um cheiro de gato se insinuava. Malva quase vomitou. Elvira percebeu, quando a visitante apertou a boca com o lenço. A dona da casa apresentou-lhe um copo d'água, um tubo de remédio.

— Você é que está ruim, mulher. Tome isto.

Deu-lhe uma pastilha para acalmá-la.

"Nisso parece a irmã", concordou Malva enquanto agradecia, os olhos semifechados.

Elvira esteve a fechar portas e janelas, depois desapareceu. Malva ficou em comunhão com as plantas. Estudou um subversivo mundo de formiguinhas que se insinuava sob a trepadeira de cachos amarelos. Tranquilizava-se aos poucos: "Que estará fazendo aquela doida?", perguntava-se mansamente, entregue ao tempo do jardinzinho de Elvira. Achou que esperara pelo menos uns vinte minutos. Ela apareceu, por fim, garbosamente vestida num costume azul, os cabelos artisticamente penteados para cima, duros e esculturados em cachos presos, sapatos novos, bolsa e luvas de uma elegância quase agressiva:

— Ia estrear isso tudo no casamento de uma aluna...

Malva acompanhou Elvira tornada grande dama — a irmã tinha às vezes esses ares —, com um novo e intrincado pensamento que ela própria jamais conseguiria deslindar. Tudo em Elvira respirava uma atmosfera de segurança e agora até de doçura.

— Você não vai fazer esse papelão... Não vai ficar nervosa quando nós nos encontrarmos... Vê se me vai envergonhar...

— Tem de ter uma explicação.

— É lógico. Eu já achei. *Vou me casar...* e a família precisa saber...

Malva ia saindo do apartamento da Tijuca. A dona da casa rodou a chave, deu duas voltas, experimentou abrir, verificou estar "tudo em ordem". Malva já trotava, miudinha e seca, ao lado de Elvira, altíssima, no esplendor da sua elegância cultivada.

— Pergunto por perguntar. A senhora vai casar mesmo?

Elvira riu, galhofenta:

— Eu, minha filha? Quem dera! Hoje ninguém mais quer saber de mim. Olhe, confidencialmente, para seu governo, nem mosca assenta mais aqui por estas bandas...

14
Mistério da fé contrária

— ... Seria para ele, Domingos, um mistério envolvendo a vontade de Deus. E ele gostaria muito de você, tenho certeza.

— Será? — Laura engoliu mansamente, experimentando de modo físico o prazer que aquelas poucas palavras lhe davam. Deu dois beijos rápidos nos olhos do amante. — Queria tanto poder dormir com você... um sono como o de depois de...

— Você já contou. De seu batismo. Estava gelada pela água do rio. Muitos desmaiavam, depois dos gritos, mas você dormiu. Dormiu...

— Havia um grande monte... Nós espiávamos as lutas dos poderes do Bem e do Mal... Vinham anjos decretando as penas, e um, três vezes maior do que eu, que quase me cegava com seu resplendor e era tão lindo, me olhou, me sacudiu e disse: "Esta tem o sinal". Daquele dia em diante acreditei que não teria a segunda morte.

O amor para Laura era assim. De mistura, de roldão com passagens bíblicas ou reminiscências para ela — sagradas.

Foi com doçura de quem entrega um último segredo que ela confessou:

— Tudo de briga que aconteceu entre nós... não foi por sua culpa. Eu sabia que não podia esquecer a hora da vida... a visão.

Nem bem Laura terminava de falar e o desejo colheu novamente Aloísio, naquele litigar de almas e de corpos. Ela entregou-se como sempre, inerte, de olhos fechados. Sob a sugestão da confissão da amante, Aloísio se viu, em estado de amor com Laura, na confusa colheita dos justos, e os anjos se afastavam, coléricos, pois que formavam na multidão dos impuros e dos viciosos. O último abraço de amor foi um soluço. Depois, a chuva alargou-se em cataratas lúgubres, ouviram-se golpes, rangidos, pareciam habitar uma barca, pois cuidaram, tremiam as paredes. Poderiam estar correndo algum perigo? A lassidão de ambos era grande. Transpirados, cheios de umidade como a terra saciada, fundiram sono em chuva, visões com relâmpagos, e ela, também feita barro embebido, foi distante à voz de Jeová. Os amantes dormiam; a água forçara a pequena barragem da cozinha e um filete se insinuava pelo corredor. Do barranco, caíra pequena aluvião de terra e de plantas esfaceladas. Então houve o estrondo; parecia queda de uma barreira poderosa. Que estaria acontecendo? Laura, acordando subitamente, balbuciou preces. O amante a ouviu mencionando o Armagedom, dizendo coisas para ele desconexas.

Aloísio tentou em vão acender a luz. Apanhou, tateando, o isqueiro no bolso. Acendeu-o. Laura saltara da cama:

— São os sinais! Os sinais!

— Por favor, querida, acalme-se. Qualquer coisa aconteceu. Mas, olhe, está tudo parado agora...

Diligente, ela acendeu uma vela.

— Veja, a água... a água na porta...

Aloísio começou a vedar a porta com a roupa de cama.

— É quase nada, Laurinha.

— Eu quero sair... É o fim de tudo!

— Pode ter sido, talvez, para alguns, minha querida. Não ainda para nós.

Em poucos segundos foi vedada a água. Laura, agora ajoelhada, abriu os braços para o céu invisível. Confessava sua tenção de não pecar mais.

Aloísio a viu com a força de sua crença. Que longa noite ainda teriam juntos!

— Meu amor — disse ele —, passamos um momento de susto muito grande, juntos, mas estamos vivos... Como você... eu não quero pecar mais... Nós nos casaremos... Haveremos de casar na sua igreja ou na minha, chegaremos a um acordo...

— Não pode haver acordo entre o Bem e o Mal. Eu não quero... que meu filho morra. O pecado... é a morte...

Aloísio a alçou, tremendo, do chão. Era belo, era terrível também para ele...

— Nosso filhinho... Nosso bem-amado filhinho. Mais uma razão para que façamos um casamento diante de nosso Deus... apesar de tudo... é o mesmo.

Ela havia recobrado a calma ou talvez jamais houvesse estado em pânico. Sua lucidez era perfeita. Fechou o sofá. Sentou-se enrodilhada, junto da vela.

— Não sei se nosso filho chegará a crescer... Mas se ainda houver tempo... meu pai disse que dos trinta e nove sinais do fim do mundo já trinta são comprovados... Estas tremendas coisas que acontecem... Os judeus estão voltando a Jerusalém. Lucas não repetiu as palavras de Jesus: "Os hebreus perecerão nas espadas e serão feitos escravos enquanto o tempo das gentes não for acabado...". Eles estão voltando... o tempo está acabando.

— Meu amor... juro que vamos viver felizes... Tenho certeza de que Domingos encontrará o meio *certo* para nós.

— Não toleraria que meu filho, educado por você, me chamasse de "fanática", como dizem de nós os "romanos". Me diga, quem é fanático? Os que como nós *comprovam* as profecias ou vocês que fingem acreditar nos Evangelhos?

E de repente, no silêncio dos amantes separados, o dia foi nascendo. Aloísio estivera quieto, apoiado à janela que resplandecia. Empurrou, cuidadoso, a persiana. Era de madrugada, e tantas pessoas saíam de suas casas!

— Não posso mais demorar... já é quase dia.

Não entrara mais água. A janela da cozinha mostrava pequenas fendas de terra ferida no barranco; sentia-se, no entanto, a segurança, a solidez da casa. Beijou-a na testa. Ela rezava, os olhos vermelhos. Aloísio vestiu-se e saiu, os sapatos na mão. Havia água empoçada no corredor e na cozinha. Não poderia ajudar Laura. E o escândalo, o comentário dos vizinhos? Aparecia a luz, atravessando o barranco pelo alto semiderruído. Lá fora, apesar dos vultos que passavam, era madrugada alta, quase manhã. E a luz nova da rua era boa, de confiança, de mundo sólido, de promessa de outras manhãs sem conta. Aloísio voltou-se e viu, estático, o vulto de Laura, recuada, à janela. Mas a moça não buliu a cabeça quando ele lhe fez, esquivo, o último sinal.

"Saio como um ladrão", pensou.

*

Lá embaixo, a efervescência dos passantes era maior. Aloísio estava tão ilhado em suas preocupações que uma grande irritação lhe veio por aqueles madrugadores formigantes a recolher notícias de desbarrancamentos. Ao chegar ao fim da ladeira, viu, de longe, o capacete de um bombeiro que lhe ensinava o caminho: "À esquerda, aqui o senhor não pode passar...". Quando, para maiores explicações, desceu do carro e chegou mais perto, reparou que o moço tinha os olhos lacrimejantes, orientando o tráfego. Eram lágrimas que lhe percorriam a face como suor, não como pranto, enquanto ele, mansamente, orientava os passantes:

— Aqui não pode. Estamos bloqueando o trânsito para os trabalhos de remoção...

O sol secaria as lágrimas do moço. Aloísio viu as faces assustadas rente ao bombeiro que continuava, maquinalmente, a dar as mesmas explicações.

— Há algum perigo deste lado?

Ele saiu um pouco do seu automatismo:

— Diz que para este lado tudo está perfeitamente normal. O perigo é esta ladeira.

Aloísio fez a volta com o carro. Viu pessoas afluírem consternadas, algumas chorosas, outras tantas sonolentas, sempre contidas pelos bombeiros. Depois das chuvas começavam os desbarrancamentos. Casas haviam ruído. Quando Laura dissera sobre o Armagedom, alguém estaria morrendo. As coisas aconteciam de roldão com o cotidiano. Tudo vindo depois do trágico da noite tomaria o teor comum das manhãs de trabalho; só naquele ponto da cidade é que se vivia o drama, ou, então, no rádio que Aloísio pôs a funcionar, com avisos e recados de parentes. Para muitos, era a manhã depois da morte. Para a maioria, um dia quase igual aos outros, apenas a verificação de que ali ou em outros lugares na cidade pessoas também correriam perigo. Os fugitivos engrossavam o clamor dos sem-teto, mas tanta desolação ainda era muito pouca para ferir frontalmente a ânsia de viver da cidade. Sabendo que Laura não estava sob ameaça, pois sua casa era plantada no lado *bom*, Aloísio tomou a decisão de mudar a roupa em seu apartamento e ir ter com seu velho amigo, padre Augusto, antes de principiar o trabalho. Telefonaria ao chefe do escritório, pedindo tempo para tirar certidões em alguns cartórios. Teve uma discussão no posto de estacionamento; viu que tremia de raiva, mais que o natural. Quando chegou à Igreja do Coração de Maria, teve uma surpresa. Havia flores, incenso, o coro de um tempo passado, do tempo do *dominus vobiscum*, ressoava doce pela nave toda enfeitada por lírios. Era bem a missa do "seu tempo", aquela em que ele vinha ajudar no culto, coroinha que fora de padre Augusto. Uma velha devota, de mantilha, sussurrou:

— Esta missa é *só hoje*... São aqueles dois ali que mandaram rezar, com licença especial.

Era a volta, nessa raríssima missa, ao rito de antes do Concílio. E os dois que pediram a missa "antiga" comemoravam as bodas de prata, em genuflexórios isolados, tendo atrás a multidão de parentes. Padre Augusto não estava ali. Estaria, então, no confessionário, fechado como no tempo de dantes e não face a face, em conversa, como muitos de sua igreja "confessavam"?

Aloísio tornou a falar baixo com a senhora:

— Sabe se padre Augusto está confessando?

— Não sei. Mas na Casa Paroquial tem uma *função*.

Tempo para ouvir o ressoar dulcíssimo das campainhas e rezar, rezar muito, por seu pobre amor descaminhado. Deus protegesse a sua estranha Laura. Depois, prosternar-se, machucar um pouco os festões dos lírios postos à passagem e ganhar o pátio. Lá fora ressoavam já as palavras estentóricas de um mundo pós-conciliar. Atravessadas as lajes do velho pátio, com sua fonte, onde Nossa Senhora de Lourdes dominava a exígua fresquidão da pequena gruta, plena de avencas e samambaias, ao lado aparecia a sala paroquial. A *função* vinha a ser um pequeno congresso de sacerdotes católicos e de professores leigos postos juntos no debate — Aloísio ia tendo a explicação na grande lousa afixada à porta: "O Futuro do Cristianismo". Fora ali, naquela casa, que havia dez anos frequentara as reuniões da congregação mariana. A mesma velha e vivida sala, com vários retratos de benfeitores nas paredes brancas e ao fundo, num alto conjunto de lambris, as pesadas cadeiras de mogno, postas num patamar alto. Sobre o conjunto, na parede nua, um crucifixo de bronze. A gente que compunha essa reunião de dez horas da manhã parecia bem diversa da de seu tempo. A assembleia era inquieta, formada de cabeludos, barbudos, sotainas e clérgimas, um público (até mesmo de sacerdotes conhecidos vestindo, vários deles, ternos claros, sem nenhum sinal religioso) meio mordaz, não se sabendo bem o motivo de tanta inquietação. O moço rodou os olhos; ao fundo, nas cadeiras de honra, um bispo tendo de cada lado professores leigos e sacerdotes. Um dos professores tomava a palavra, e só quando Aloísio veio a sentar-se, pois que a isso impunham os da plateia — "senta, senta!" —, é que se deu conta do porquê desse humorismo meio maléfico. Brotava o aparte de um jovem professor de teologia, de acordo com o que informava o vizinho de Aloísio, um seminarista.

— Se o caro professor houvesse dito isto há trinta anos, teria sido excomungado! Se houvesse pronunciado a mesma frase há três ou quatro séculos, teria sido levado à fogueira!

Onde estaria o bom padre Augusto? O ribombo de um riso de deleite quase sensual devorou o auditório. Era o sucesso do jovem e douto aparteante. Mas o orador, imperturbável, um meio sorriso apenas esboçado, deixou passar a crepitação humorística e continuou, elegante em seu discurso, as frontes prateadas enquadrando a face sanguínea e vivaz:

— O futuro do cristianismo? Que futuro? Ou teremos seu fim, para ceder o lugar a um humanismo leigo, ou teremos sua renovação total. Sustento que a primeira hipótese me parece a mais lógica... — Movimento de pretensa distração do bispo-presidente, que abriu um caderninho e passou à verificação de qualquer nota aparentemente importante. — Na segunda hipótese, a *renovatio* deverá ser tão ampla que a religião se torne mera simbologia. Para sabermos se a sociedade de amanhã poderá ainda viver dentro da atual moralidade judaico-cristã, teremos de saber em primeiro lugar o que vem a ser essa moral...

Aloísio pensava sonhar. Estaria ali, na Casa Paroquial, ouvindo este homem calmo e adverso a tudo que se pregara no mesmo lugar durante tantos anos? Cochichou com o vizinho, mais uma vez. O seminarista era magrinho, usava extravagante e sanguínea gravatinha-borboleta.

— O padre Augusto está aqui, naturalmente. Ele tem vindo todos os dias.

Mas o estranhíssimo “sermão” sobre o futuro do cristianismo continuava:

— Eu sustento que essa moral é a obediência. Do magnífico mito do pecado original — a imagem de Laura se fez presente com sua “visão” após o batismo... — aos mandamentos de Moisés, aos apelos do Cristo à Lei, ainda que temperada com um pouco mais de amor, disso tudo, até a construção dogmática da Igreja, tudo, tudo, enfim, é só obediência. Toda discussão teológica, por livre que parecesse, no fundo repousava sobre um prévio ato de fé, de obediência. Fora disso... o pecado, a abjuração. Acontece que um dia essa moral da perfeita obediência se encontra com a ciência...

Burburinho... Alguém queria falar, o jovem "teólogo" fez um sinal de aplacamento, pois queria continuar o discurso:

— O Concílio representou o encontro para a prestação de contas... Hoje, qualquer um de nós está autorizado a uma interpretação pessoal do Antigo e do Novo Testamento.

Laura se imiscuía em presença séria na atmosfera inquieta.

Estava terminando seu discurso o homem que, naquela sala, como que enfrentava a cerimônia da missa em latim, rezada a poucos metros; que a fustigava, a combatia, a odiava até, talvez, duelando enfático:

— O homem verdadeiramente livre descobre que Deus está infinitamente distante. *Ele é a última verdade.* Talvez também chegue à conclusão de que não consiga alcançar esse Deus tão remoto. Mas, no esforço em que se desdobra, na tenção da busca de um encontro está a sua dimensão religiosa: dimensão que já conquistou todo o planeta Terra e se fez *religiosidade* universal.

O bispo permaneceu sentado, ofegando um pouco, apenas levantou o olhar do caderninho. Aloísio agora tomava parte sensível no debate. Ele vinha de um sofrimento de amor por uma devoção religiosa que deveria parecer ali, no meio da assistência tão entrosada com o orador, atitude monstruosa e irreal extraída de uma página escrita há cem anos. Mas não — era a verdade de Laura — e a sua, dele, Aloísio, dolorosa história verdadeira, vivida em lágrimas e desespero.

Haveria, agora, um fervilhar de protestos? O orador encerrou sua arenga, e outro se apresentou. Tinha o todo dos zangados. Calvo, pequenino, a boca ácida, o sorriso rosnador:

— Não se deve mais falar em Deus, pois não falemos! Isto porque o teísmo e suas relações pessoais com Deus foram constantemente um cômodo álibi para que se fugisse à responsabilidade social. A religião deve precaver-se em não fugir para as alturas, verticalmente; deve horizontalizar-se, isto é, apresentar-se *aos outros homens.* Devemos sentir a copresença dos vivos e dos mortos, dar um *basta* à guerra, ao subdesenvolvimento e aos males sociais que hoje esta mesma pobre cidade vive quase em "indiferença" do outro... — Um murmúrio nervoso correu, palmas isoladas estouraram, o homem pequenino adquiriu um tom mais veemente e irritado: — As aberturas conciliares? Belíssimas iniciativas, mas verdadeiramente insuficientes. Será preciso renunciar à hierarquia, às legendas mitológicas — novos risos escarninhos atroaram —, à autoridade, enfim. Fora disso, tudo é soberba, sim, soberba!

As mãos de Aloísio colavam-se, pegajosas de suor, uma à outra, em seu gesto nervoso. Por fim, lá à frente, na terceira fila, ele conseguiu ver padre Augusto. Perfilava-se, de batina preta, entre dois dominicanos, a curvatura da testa tão nobre, atento, um tanto lançado para trás. O pequenino e fogoso orador continuava:

— A vida religiosa é um dar sem conta, sem coisa alguma pedir. Nem mesmo... — Novo burburinho entre admirativo e controverso. — Digo e sustento: nem mesmo pretendendo a imortalidade... Jesus Cristo pode ser uma fonte... para alguns a mais alta, se quiserem, mas apenas será uma fonte desta única disposição legítima, a verdadeiramente ecumênica. O futuro do cristianismo que podemos antever será este: *consciência da copresença e da corresponsabilidade.*

Então, saindo para o corredor, entre os bancos, um frade se pôs veementemente de pé e cortou, meio sôfrego, o orador:

— Que ficará para nós que viemos do mato? Do mato, sim, da região pré-amazônica, onde ensinamos o Evangelho? Deve haver um equívoco... Para nós não haverá futuro no cristianismo *sem Cristo.*

Estalou um protesto geral em tom crescente. O seminarista voltou-se para Aloísio:

— Este homem está completamente desatualizado. Gente assim não deveria tomar parte nesta reunião. Veio só perturbar.

Várias pessoas ficaram de pé. Houve ásperas palavras contra o missionário que, buscando novamente seu lugar, bem se sentou, muito encolhido e ofuscado pelo caudal de olhares estupefatos ou coléricos. Até quando Aloísio teria de esperar?

O bispo, antes de anunciar o intervalo da sessão, tirou um lenço das profundezas do hábito, assoou-se e com ar, já agora, bastante fatigado, disse:

— Quero chamar atenção, neste diálogo fraterno, sobre um ponto: os valores do Absoluto são inalienáveis. Não é a primeira vez que a Igreja muda; todavia, mudando, permanece sempre a mesma.

Há tempos Aloísio pediria, com muita docilidade, que Sua Eminência tivesse maior clareza. Mas não estava ali para isso: a sessão era interrompida durante pequeno descanso; ele correu ao lugar onde vira padre Augusto, de pé, em ponderada conversa com os dominicanos:

— Desculpe, preciso falar muito com o senhor.

Padre Augusto viu na face do antigo aluno a marca do sofrimento:

— Temos muito pouco tempo, mas vamos, meu filho.

Despediu-se e saiu com Aloísio. A multidão de convidados da missa se reuniu, no pátio, aos que saíam da Casa Paroquial. Antes de enveredar para a salinha de padre Augusto, Aloísio viu sua vizinha de banco, na igreja, falar com um jovem vindo da assembleia de estudiosos "O Futuro do Cristianismo":

— Tivemos hoje uma grande notícia!

O moço, acalorado, abria e fechava discretamente a aba do paletó, na pretensão de colher alguma brisa vinda do remanso de plantas frescas.

— O papa vai mandar a Rosa de Ouro a Nossa Senhora Aparecida.

— É? — perguntou o moço com visível escarninho. *Rosa de Ouro* em tempo como o de hoje!

*

Enfim, o porto tranquilo do escritoriozinho de padre Augusto, que destrancou a porta, foi à janela, abriu-a, cercou-se de luz e se deu, com paciência, a atender Aloísio:

— Desabafe, meu amigo!

O jovem fez o sorriso dos que têm medo e tentam tirar do rosto a máscara da gravidade:

— Padre Augusto, eu sabia antes... tudo que lhe deveria dizer. Mas tive a impressão... desculpe, por favor, não quero ofender ninguém... que todo mundo estava doido aí na Casa Paroquial. Como o bispo pôde suportar tanta... — Procurava a palavra.

— *Heresia?* Por esta definição há séculos nós cavamos distâncias. É preciso saber *ouvir.* Mas vamos a seu caso. Tenho pouco tempo, como já disse.

Aloísio flutuava no limbo de aflições várias: a dolorida paixão pela "crente", sua tenaz oposição a ter um mínimo de compreensão para com ele... o desejo de sondar sobre um casamento misto e a necessidade de dizer o quanto haviam caminhado para poder voltar atrás.

— O senhor se lembra daquela mocinha da Igreja do Milênio? A que distribuiu discos quando terminou a reunião ecumênica? Nós até saímos com ela...

O vigário da Igreja do Coração de Maria, diante do antigo aluno, arrumava papéis na mesa. Também ele não queria dar aspecto "grave" ao encontro:

— Meu filho, eu logo vi: você estava impressionado com a moça...

Aloísio começou a dar, furiosamente, corda no reloginho de pulso.

— Não sei como... eu, que nunca me interessei de verdade por ninguém... eu... eu gosto muito dela. E para não esconder nada do senhor... Bem... nós nos pertencemos, e agora...

— Ela espera um filho?

— Foi um grave erro nosso, não quero esconder.

O sacerdote ficou pensando, procurava uma fórmula:

— Já veio de Roma a regulamentação de casamentos mistos... de católicos e ortodoxos... Mas com protestantes se faz por analogia... Já houve um caso, como você deve ter sabido.

— Padre Augusto... Eu tenho a impressão de que Laura não quer casar comigo...

Padre Augusto tendia para Aloísio a face de homem imune às tempestades, como se fora um ser a tratar sempre de passagens superadas, resgatadas:

— Deve haver muito amor nessa moça, já que transgrediu as normas de sua... seita.

Aloísio fixava a imagem clássica do "Coração de Maria". Via Nossa Senhora a desnudar seu coração, dentro de um painel de santa claridade, cujo foco era o amor ali oferecido.

— Eu também pensei. Mas Laura... Laura detesta Nossa Senhora! Parece mentira... mas quis rasgar um santinho: a imagem da Virgem Santíssima... Era como uma mulher com ciúme de outra!

O sacerdote não pareceu alarmar-se:

— Você tem feito tudo para compreendê-la?

— Tenho, padre. — E o reloginho voltava a tomar corda.

— Você, assim, arrebenta seu relógio.

— Quando esses cretinos esnobes... perdão, mais uma vez... andaram falando da *nova* religião, daquilo que consideraram o futuro do cristianismo, eu pensava só em Laura; entre ela e esses que estão aí sob as bênçãos da Casa Paroquial quem está mais perto de nós é ainda Laura. Porque ela não tem vergonha de falar em seu Deus — Jeová — nem de colocar a salvação acima de tudo. De proclamar as "suas verdades", doa a quem doer... De crer nos profetas e esperar o fim do mundo; afinal, o futuro do cristianismo não é mais a salvação?

— Então, meu filho, qual o drama?

— É ela que me *rejeita*... Não gosta de gente sem coragem de defender as ideias, que concorda com todo mundo... ela sempre diz. E, dentro desse novo espírito do Concílio, para ela nós viramos uns *frouxos*. E ninguém mais entre nós, católicos, mostra capacidade para enfrentar gente assim do porte de Laura...

— O ponto não é a discussão, mas a compreensão!

Aloísio pareceu desesperar-se:

— Padre Augusto: essa gente *vive* a sua religião, não é como esses que fazem de Deus um tema *proibido* como os fanáticos *ao contrário* que estão aí!

— Meu filho, que posso fazer por você?

— Estou pronto a corrigir meu erro. Ela deve sentir isso, também, por nosso filho que vem aí... Mas Laura pensa que a criança nem vai crescer... — Riu, nervoso. — Parece estar tomando uma indigestão do Apocalipse... Fala muito nos sinais do fim do mundo...

Padre Augusto levantou-se:

— Nós podemos fazer um casamento misto. Nós queremos muito vê-lo feliz, Aloísio, tanto quanto essa menina. Se conseguir, traga Laura aqui. Conversaremos, veremos se ela abre os olhos para uma realidade mais humana. Mas não se esqueça: por melhores que sejam as suas intenções, Aloísio, hoje não é muito comum este seu caso: o rapaz querendo casar... e a moça, não, preferindo enfrentar o escândalo... Mas, por muito amor que tenha a Laura, não pode nem deve constrangê-la. O sacramento do matrimônio está nos noivos, como você sabe, que testemunham, perante o sacerdote, sua vontade de união. Não pode ser nunca um desejo unilateral... Volte, meu filho, com Laura. Se não conseguir, leve-me à sua casa.

Uma vibrante campainha soava no pátio. O intervalo da sessão havia terminado. Aloísio saiu, aos encontrões, com aqueles homens que, para ele, teorizavam sobre o futuro da religião. "Os idiotas", pensou, enquanto, indormido, sedento de paz, o pulso latejante, enfrentava mais um dia de trabalho, indo tratar de desajustes, discussões, guerrilhas infra-humanas, como assistente de advogado que era. Lá no escritório, ao lado do chefe, iria ouvi-lo mais uma vez em suas razões de gabinete, teorizar sobre querelas judiciárias, tal e qual os que aplaudiam os discursos da Casa Paroquial. Parolas e mais parolas à margem dos conflitos.

15

A morte de um presidente

Almir perseguiu o telefone de Carminho seguidamente. Ligou para o número, ouviu dar ruído de ocupado. Esperou, discou mais vezes e, como dissesse um alô, sentiu que desligavam. Chamou o filho da dona da casa para falar por ele, mas disso não surtiu nenhum bom resultado. Como estivesse cheio de planos de vencer na vida — não demoraria muito e faria a mais sensacional reportagem do Brasil, aquela que daria inveja até ao procurador Garrison, de Nova Orleans —, contentou-se em figurar para si mesmo a reconciliação de Carminho. Num dia não muito longe, eles se encontrariam, e ela teria de rir forçosamente:

— Não me estou oferecendo para seu namorado, isso, sei eu, não mereço, mas para seu cachorro. Você não precisa de um cachorro? Posso abocanhar sua bolsa quando for fazer compras ou lamber seus dedos quando estiver tristinha.

Sentiu-se em compreensão terna com aquela senhora cachorral que acompanhava o marido para vê-lo beber e morrer. Seria capaz, mesmo, de virar cachorro de Carminho; bastava que ela quisesse, estalasse os dedos, mas, antes de vir a ser o fidelíssimo bicho, pretendia realizar-se como repórter. Precisava forrar o estômago, dominar os tremores. Engoliria uns sanduíches, tomaria um conhaque e estaria novo em folha. Andou remexendo em revistas antigas, analisou recortes sobre a morte de Getúlio. Juntou o que poderia ajudá-lo nessa primeira visita ao Catete. Deveria tirar umas fotografias lindíssimas! Em ebulição, o fotógrafo já dominava o repórter. Possuía uma fotografia do velho em São Borja na qual trabalharia como se Getúlio estivesse à janela do atual Museu da República. E teria para essa especial imagem uma legenda muito boa: "Desta janela Getúlio costumava olhar o parque do Catete com saudades de Getulinho; de suas brincadeiras pelas alamedas quando era pequeno".

A tarde já ia descambando, e Almir, a garrafa de conhaque debaixo do braço, enrolada em jornais, entrou no Museu da República. Tudo lhe pareceu, no momento, dolorosamente "espetado", como num odioso postal: a casa com as grandes águias de asas espalmadas era por excelência a antifotogenia, e o hall (que um dia vira em menino, quando acompanhara uma parenta que conhecia o contínuo do presidente), outrora teatro animado e cheio de gente, parecia de memória muito maior; agora, como que se reduzira, relegado ao esquecimento, habitado tão somente por imensos candelabros coroados por enormes globos de porcelana, sorte de tristes arbustos de mau gosto plantados na via palmilhada por Getúlio, seus políticos e outros presidentes do Catete.

Logo na entrada fizeram-no calçar chinelas de lã, e ele deslizou pelos salões, viu quadros de Pedro Bruno, observou o *Juramento Constitucional da República*, de 1890, a casacada solene, as mulheres *belle époque*, formando guirlanda florida num plano recuado, salas ministeriais, o salão amarelo guardando a saudade das entregas de credenciais; o salão nobre povoado de fantasmas em grande gala, de recepções de vestidos suntuosos. Foi rodando por ali afora, como um menino em patins, dentro dos chinelos acolchoados.

— Puxa! A República sempre foi um bocado chata.

Quando pisou cauteloso o quarto atapetado onde morreu Getúlio, prendeu a respiração. Era tão simples aquele cenário onde acabara o "Velho". Parecia incrível que um presidente, a dominar por tantos anos a vida política do Brasil, não tivesse pensado em morar mais confortavelmente! A cama era dura, feia e estreita, de um estilo que ele não sabia se era Luís XV ou Luís XVI, ficava por aí. Escurona, tendo ao lado mesinhas antigas de cabeceira e, em cima, um crucifixo. Teria Getúlio o crucifixo naquela parede quando morrera? Devia consultar o arquivo.

Estava sentindo uma admiração doída pelo desconforto de Getúlio. Examinava a mesa na qual deveria almoçar sozinho às vezes — ele, Almir, não dizia sempre "Quem come sozinho é suicida"?

Um contínuo já desbotado como as coisas dos museus veio vê-lo:

— Qualquer dona de televisão tem quarto mais rico. Olhe o tamanho do armário; se isso é armário para presidente!

Almir estava dentro da cena. Tinha diante de si a cama onde Getúlio morrera; via, ao lado, a janela que dava para o parque, na qual o presidente sentira saudades do riso de Getulinho brincando. Essa mesa seria a de suas solitárias meditações ou talvez nela tivesse sido escrita aquela carta tão controvertida? Onde teria começado a ideia do suicídio? Na cama? À janela? Ao contato do travesseiro?

— Você conheceu o presidente?

— Conheci.

— Que é que você se lembra de particular?

— Do charuto. Ele sempre recebia as pessoas com o charuto queimando na mão. Tudo era para *descarregar*, o senhor pode estar certo. Ele sabia que corria perigo, tinha de tomar suas precauções. Por isso, aquele charutão queimando...

Opinião idiota que não poderia vir na enquete. Almir forçou um assunto:

— Você acha que foi o presidente que escreveu aquela carta?

— Ué, então o senhor não sabe que presidente não escreve nunca? É só o secretário que bate à máquina o que ele dita.

O homem era duro mesmo. Mas Almir não queria fraquejar:

— Vê se você me deixa sozinho. Quero pensar um pouco neste quarto. Pensar e tirar fotografias. Tenho licença.

O homem saiu. Almir esteve observando o tapete. Compreendeu, sem poder exprimir claramente para si mesmo, a importância que o desenho intrincado, de um moderno duvidoso, tivera em imiscuir-se nas ideias de um Getúlio aqui caído em melancolia. Quando alguém está sofrendo e observa um tapete, como que absorve o intrincado de desenhos que a vista recolhe, sentindo de instinto a semelhança com os riscos e as figuras que lhe recobrem a alma. Um tapete, ponto por ponto, é um enredo estratificado de pensamentos sofridos e vividos, e não há nada que perturbe mais os olhos e palpite vivo, dançando em cores, do que esse campo de tecido, observado em horas de nervos tensos. Ele, Almir, tinha horror a esses complicadíssimos desenhos: ocultavam o fundo que não se sabia mais de que cor era feito. O tapete, com seus desenhos, Getúlio meditando, os risquinhos entrando pelos olhos, confundindo-se às ideias. Seria possível escrever qualquer coisa em torno *de*? Mirou a poltrona escura e estofada onde Getúlio deveria ler os jornais a dialogar mentalmente com seus acusadores. Acima da cômoda — realmente bastante modesta para vir a ser o camiseiro de um presidente — estava o horrível quadro *Constituição de 1937*, e havia a porta para o banheiro.

Ah, sim. De mais luxuoso, só um exíguo divã para um eventual descanso. O fotógrafo bateu ali algumas fotos. Esteve também no escritório de Getúlio, fotografou a mesa onde o presidente fazia seus despachos particulares. Na parede, Getúlio se encontrava em pura glória com Roosevelt, na cidade de Natal, durante a guerra. Tudo fotografado, veio a Almir a tristeza de não ter encontrado enfim a chispa, a inspiração mais secreta daquele mundo de memórias do Museu da República. Quando estava para descer a escadaria, enfrentando novamente aqueles compridos lampadários acesos, em porcelana e bronze, o contínuo veio chamá-lo:

— Já está na hora de fechar.

Almir desceu as escadas com o homem e já ia apresentando as chinelas quando as luzes do interior do hall se apagaram. Ainda havia, contudo, bastante claridade da tarde. Apenas ficou mais triste o quadro, e foi como se qualquer coisa que não fizesse falta a ninguém deixasse de existir, dizendo: "Eu me vou, não faço falta".

— Onde é que você mora? — perguntou Almir ao contínuo.

— Aqui mesmo. Por quê?

— Deve ser chato. Vigiar todas essas glórias passadas e afinal não saber muita coisa a respeito da República.

— Quem é que sabe? — disse o homem, rindo e mostrando a falha de um dente. Continuou: — O meu quarto é lá.

Era nas profundezas dos corredores, amontoados agora de sombras. Por eles, bem chegaríamos ao quarto do contínuo. Ele continuou a falar:

— Lá fora é alegre. Tem outras repartições: garagem da Presidência e do SNI. As dependências do Banco da Habitação... A criançada barulhenta vem brincar no parque, cheio de mato, mas aqui dentro só dá visitante estrangeiro. Assim mesmo, muito pouco. Eu acho que os brasileiros querem é esquecer as coisas que se passaram por aqui.

Uma frase só dita por aquele homem de cor amarelada, de cabelos sujos, grisalhos, o guarda das memórias da República que o brasileiro sem memória não gostava de enfrentar. O homem continuou:

— Para mim até é um prazer atender a um moço como o senhor, mas, já disse, está na hora de fechar.

Almir passou-lhe pelo ombro a mão feito garra:

— Já que terminou o horário de serviço... vamos conversar melhor. Que diabo, ninguém se interessa por isto aqui... Olhe. São só alguns minutos. Mas eu vou fazer uma reportagem *genial* sobre isto. E, se você me ajudar, faço seu cartaz...

— Pra quê? — perguntou o guarda com certa melancolia. E prosseguiu: — Nada de olho em cima de mim, não presta. Nem o charuto do presidente venceu o olho grande.

Almir não concordou em sair. Afagou o embrulho de jornais. As sombras haviam, de repente, penetrado pelo hall. Tudo parecia mais vasto, mais imponente. Um burburinho de vozes antigas ressurgia no crepitar da velha madeira. Na escadaria, onde o bronze e a porcelana avultavam, era a enxurrada de visões: políticos, militares e depois, no lugar dos grandes globos de porcelana, faces e faces penalizadas, chorosas, diante do corpo do suicida:

— Como é seu nome?

— Bento, seu criado.

— Bento, abençoado, bem-vindo, doce de mãe-benta, não me falte, por favor. Olhe, é questão de vida e morte. Eu tenho de fazer essa reportagem...

Delicadamente, Bento afastou-se, pondo-se ao lado da porta das saídas "Fora de horário". Seus passos, estalando, marcaram a direção. Almir, que durante todo o tempo alisava o maço de jornais, como quem faz festas a um gato, seguiu-o. Ressoavam as passadas pela sala. Ele assustou Bento:

— Você vai tomar um gole comigo!

— Ah, eu não saio, não senhor!

— Vamos beber ao Catete! Ao Palácio das Águias! Vamos beber a tudo que acabou: à República Velha... Getúlio, Revolução de Trinta, Estado Novo até Juscelino; vamos, homem, ou você não tem coragem?

A porta entreaberta fazia ressaltar nua a garrafa, como numa insolente provocação:

— Por favor... podem ver...

— Todos verão: desde os muito mortos, o velho que não dobrou, Washington Luís, até o muito vivo, o Juça, o Café Filho, colega dos jornalistas, que recolheu os segredos, o Dutra, que passou incólume. Estes sonharão que, no Palácio do Catete, um repórter está mexendo com eles... Vamos, Bento. Você pertence à História (mas não chata) do Brasil.

Que diriam os passantes se ouvissem essas palavras? A porta fechou-se.

— Bem, para não fazer ofensa, aceito um gole só... contanto que o senhor vá embora depois, logo, sem criar caso...

*

Houve o primeiro gole, no quarto onde uma longa vela vermelha, a desfazer-se, criava num pires a ilusão de sangue vivo; conhaque bom, dado por dona Rose, que no Natal passava adiante os presentes dados pelos beneficiados de seu jornalismo. Não vê que ela ia comprar aquilo só de materna, ah, essa não! Mas, como o cordão da Rose era grande, sempre sobrava bebida de classe.

No terceiro gole, tomado em xícara de café, o guarda acendeu mais uma vela vermelha.

— Aqui era a saleta do auxiliar do secretário da Presidência... A poltrona é própria, isto é, servia para quem estava na espera...

Uma feia, desigual poltrona de pano-couro escuro, as molas rangentes, bambas. Havia sofrido por quantos anos o remoer de traseiros suados, a cadência da espera nervosa, os saltos inoportunos da vez em que pensou ser chamado e não era, não?...

— Você viu alma aqui?

— Um colega diz que viu, no topo da escada, o presidente com o charuto aceso, brilhando no escuro... Mas eu que não tenho medo de aparição... Deus me livre e guarde de gente viva, amém... gente que mete qualquer um de nós no embrulho... isso sim, nunca vi. Dá licença que eu me sirvo... com tanta umidade é preciso sacudir por dentro...

Almir o via estender a mão para a garrafa, na mesa de cabeceira. Ele continuou:

— Senão um homem rebenta.

Compreendeu o drama da solidão. O palco da República vazio; esse único e esmagado espectador.

— Fale, que é o que você precisa.

Beberam juntos, e Bento foi contando, aos pouquinhos:

— É um sonho, só um sonho. Mas às vezes acho que foi verdade. Eu via meu pai chorando, nessa mesma poltrona em que o senhor se senta. Chorava, chorava muito, a mão cobrindo o rosto, soluçando… Eu peguei a mão de meu pai, puxei para mim… Apareceu então o presidente… O presidente Getúlio sentado onde está o senhor… e chorando, cada lágrima tão gorda e tão grande! Fiquei tremendo da cabeça aos pés… Ele disse meu nome no meio do choro, “Bento”. Meu coração batia dentro dos ouvidos, parecia que eu ia estourar, e o presidente, o rosto todo lavado de lágrimas, foi dizendo: “Bento, eu não me suicidei, Bento… Conte pra todos… eu não me matei… eu gostava muito da vida. Fui traído…”.

16

A casa sem paredes

Quando Valentina chegou do médico, ainda dolorida pelo exame, pretendeu trocar com Carminho algumas palavras. Mas, ao passar pela porta do quarto da filha, ouviu, num tom rangente que se desdobrava até o paroxismo, uma canção *beat*. Carminho era assim; às vezes se enrodilhava na cama a ouvir música e parecia que só então se acomodava depois de qualquer perturbação interior. A mãe podia, sorrindo, através da parede, adivinhar aquela chamada de solidão de sua criatura. Estaria com seu pijama velho — do qual ela não se separava quando por qualquer motivo andasse em tristeza —, um pijaminha de menina, que fora azul e agora não tinha mais cor; enchia-se de bobes de todos os tipos, que lhe davam um ar desumanizado de pequena fúria, e deixava escorrer a vaga das músicas de "protesto". Sem ter a inteligência dos irmãos, sem conseguir extravasar-se com a mãe, fazia de seus discos a sua intimidade de moça.

Valentina passou, pois, pela porta da filha; nem sequer bateu. Atravessou o corredor, foi à cozinha, abriu a geladeira, comeu tranquilamente uma salada com maionese que havia preparado e deixado para Carminho. Com o correr dos anos, fora ficando cada vez mais gulosa. Aquela maionese, por exemplo, bem gelada, unida aos vegetais e a pedacinhos de galinha fria, dava-lhe uma espécie de consolo.

Comia recordando a mãe: "Um dia eu estava muito aborrecida, andando na rua e cismando com aquela briga feia da família, quando, não sei por quê, eu que nunca fiz isso, sentindo o cheiro de pipoca fresca, comprei um pacotinho e saí comendo pipoca, a princípio muito tristonha, e depois mais consolada; quando as pipocas acabaram, tudo me parecia quase apagado. Só não disse — ora, pipocas! — porque a expressão não era para mim". Com os frios e a maionese, Valentina adoçou um pouco a tristeza e o desapontamento. Afinal, Malva nem voltara com ela. Sua saúde não interessava verdadeiramente a ninguém — devia aceitar com resignação definitiva essa dura verdade.

Largou-se no quarto, em cima da cama, menos sentida, mais confortada. Não demoraria e tiraria das sombras os mortos queridos. Era seu grande e sensual momento, aquela tomada de presença das únicas e verdadeiras coisas que moravam com ela. A saudade da irmã, por exemplo, há muito deixara de ser nostalgia para transformar-se num divertimento de horas esquivas. Observava os imutáveis móveis e os objetos que a cercavam: o velho armário Luís XVI, a parede que confinava com o território onde a porta impossível levava para o reino de Facadinha. Por enquanto, nem o tio, nem a mãe se imiscuíam nas cortinas. Mas, permeabilizada a parede, Facadinha, sempre com seu penhoar de penas brancas na barra, deitada no divã exatamente igual ao que conhecera na casa de sua tia-avó, toda a claridade em cima do veludo vermelho, ergueu para ela a carinha de criança de oito anos no corpo deformado pelo pecado cotidiano:

— Venha cá, Valentina. Preciso desvendar um mistério com você.

Sua mãe não viria até ali naquela casa de escândalos. Mas seria possível identificar a cabeça *à brosse carrée* do Tio Quincas atrás de um cachepô de porcelana, pousado sobre uma coluna de madeira. A menina-mulher à toa continuava:

— É um mistério. Todas as paredes desapareceram. Não sei onde coloquei meus fregueses.

Valentina observou gostosamente aquela casa que confinava com o azul do céu, que esvanecia numa perspectiva longínqua; uma casa que entrava pelo infinito adentro. Dessa intrusão dos céus na casa do pecado brotou Lair, o anjo-criado, os seios cada vez maiores, mas a cara de pierrô bem de homem. Com isso tudo, as frágeis asinhas que lhe davam um meio voo de bailarina, quando, na bandeja pintada, serviu a Valentina uma groselha só degustada nas lonjuras mais distantes da infância.

Lair veio, muito gentil, cortando a conversa de Facadinha, que se estirou molemente enfastiada no divã de bambolins vermelhos:

— Você vai adorar! Acabou-se o trabalho nesta casa. Vamos entrar em longo feriado. Veja lá adiante: naquele lugar vai acontecer uma coisa lindíssima para você.

Valentina, estirando a vista pela casa sem janelas que tinha perdido as suas dependências destinadas ao pecado, viu, pousada na colina, atrás da qual principiava uma profundíssima perspectiva azul, a pedra-monumento com as colunas brancas a segurarem o todo. Uma pedra no encosto do morro, mas nada havia debaixo dela. Apenas frescura boa, como se ela fosse o cenário estudado de um piquenique de infância ao qual ainda não houvessem chegado os meninos:

— Mas não tem nada lá — disse Valentina.

A última porção de groselha dava à língua um estalar infantil. Estava gostosa demais, fresca demais. Lair fez uma pirueta e proclamou:

— Você vai encontrar ali um tesouro.

A patroa tornou-se severa:

— Gente que não é mulher nem homem tem sempre uns chiquês. Não caia nessa, Valentina. Não tem tesouro coisa nenhuma.

Lair, o anjo-criado, apanhou o fluídico copo de groselha e se retirou, as ancas bamboleantes, sob as asinhas trêmulas, para as distâncias azuis, já que Valentina, assoberbada pelo problema que lhe propusera Facadinha, não sabia como solucionar a questão:

— Como pode existir uma casa sem paredes?

Na perplexidade da adivinha, voltou à cama. No alto da cortina as sobrancelhas da mãe se aproximaram muito apreensivas. Em seus rebordos, elas quase se uniam, subindo um pouco como na aura de um choro visto só na parte da testa.

Tio Quincas, esse propôs à menina recitar um verso. Mas Valentina, sem saber como — pois não estava nada infeliz —, descobriu um canto cheiroso no travesseiro, aninhou ali a cabeça e, de súbito, soube que estava chorando.

À noitinha Geraldo voltou ao apartamento do Professor. Fazia tudo por esquecer as cansativas horas que teve em testemunhar os jactantes amigos; os discursos em que políticos no poder afirmavam pelo Professor uma admiração imorredoura. Alguns dos intelectuais presos — quatro — haviam sido liberados e tomaram parte conspícua, severos e rígidos, naquela cena final. Depois das grossas chuvas, o cemitério fora invadido pela lama. Com o sol da tarde e o aquecimento de toda aquela jardinagem e dos túmulos, escaldou, enfim, a terra mole, e, antes de se fecharem os portões do São João Batista, houve um imperscrutável bulir de insetos, numa vida subterrânea que parecia querer dizer qualquer coisa, assanhamento vindo de profundezas mortuárias, de contatos com despojos e cinzas sagradas.

Geraldo, que se retirara depois de todos — ele que era homem pouco dado a esses nervosismos —, experimentou uma sorte de pânico ao ver que milhares e milhares de baratas, saindo das cavidades, vinham à tona, correndo em todas as direções, riscando o solo em movimentos inexplicáveis, num tumulto difuso por entre mármores, pequenos arbustos, indo e vindo enquanto as últimas pessoas desertavam do campo, meio aterrorizadas.

"É esta porcaria a morte", pensou Geraldo. Teve uma lúcida revolta para com os oradores, os políticos que haviam desatado lágrimas nos assistentes.

Foi à casa do Professor porque para ele, Geraldo, os livros eram a sua presença viva, e também porque os mortos têm seus papeizinhos guardados. Será preciso tutelá-los, rasgar inconveniências, desmanchar linhas que possam prejudicar um contorno mais digno de suas figuras. Haveria qualquer coisa de menos respeitável nas gavetas do Professor Santana?

Geraldo passou algum tempo a rasgar recibos de contas de livrarias, cartas de personagens do Partido Comunista, de cambulhada com outras que vinham de gente do governo anterior. E naquele todo desordenado extraiu um grosso maço de envelopes com letra de mulher. Desamarrou-o e como que ouviu um chiadinho de velhas páginas desvendadas por olhos estranhos. Eram cartas que, de acordo com as datas, deviam constituir uma correspondência de perto de vinte anos. A criatura era inteligente e, entre protestos de amor, falava muito de política — parecia uma "inconformista". Assinava-se: *Sua.*

Naquele caos das gavetas do Professor, era a única porção rigidamente organizada. Constituía, com a do "testamento", o cerne de tudo que estava ali. Aquela amante secreta, que conversava sobre Getúlio, a Revolução Brasileira, que falava na ação do "Partido", se queixava da falta de combatividade dos líderes, deixava vez por outra pequenas notas pessoais: a filha estava doente, um irmão ia para a Europa, ela mudava de casa, tinha insônias. Frequentemente se queixava de Carlos Lacerda, como se fosse uma pessoa de sua intimidade, mas com ressentimento de enamorada. Isso de roldão com as queixas de sua vida aparentemente sem sentido. Então, repontava a sua mágoa de mulher por aquele amor escondido, de uma discrição tão grande que jamais Geraldo, o mais próximo, havia tido a menor suspeita. Antes que chegassem os amigos, uma senhora que Geraldo pensou fosse a irmã mais velha do Professor, pois o porteiro deixou-a entrar livremente, abriu a porta do apartamento de Santana. Geraldo a viu; a sua face desfeita, marcada, seu ar de recato, sua estrita dignidade de mulher de outros tempos que guarda um perfume antigo de limpidez de maneiras:

— Você é Geraldo? — perguntou.

Geraldo compreendeu, de súbito. Era a autora daquelas cartas, uma amante desbotada, quase assexual, no limite, já, da velhice. Fê-la sentar-se. Ela não quis:

— Vim buscar as minhas cartas — disse.

Geraldo tirou uma do maço da correspondência.

— A senhora quer dizer *estas cartas*?

— Sim — disse. — São estas cartas.

Abriu uma grande bolsa de couro, fora de moda, mas luzidia e limpa, e ficou esperando. Geraldo entregou as cartas, e ela as recuperou com avidez. Fechou a bolsa.

— Você acha que ele sofreu?

— Não — disse Geraldo. — Acho que ele não sofreu muito. Deve ter sido bem repentino, durante o sono. Quando o deixei ontem, depois de uma crise, estava tranquilo. Nem quis que eu ficasse...

Ela ficou pensando, a boca tremeu no lado esquerdo, e depois perguntou, tímida:

— Você deve ter lido algumas dessas cartas, não é?

— Passei os olhos — disse Geraldo. — Estou dando ordem nessas coisas.

A senhora disse um "ah, sim!" e depois voltou para o moço o rosto crestado pela dor recente:

— Você, rapaz, deve achar um absurdo uma correspondência assim. Há de perguntar: por que é que esses dois velhos não acabaram com essa tolice e não foram morar juntos?

A boca entortou um pouquinho mais, as lágrimas foram apenas contidas, e ela pôs um fecho na história:

— Santana não pertencia à geração cínica. Hoje os homens são muito diferentes.

17
O telefone dos homens

Pulsando forte, a cabeça derreada fora do travesseiro, Carminho embebeu-se de música. Fora da cama, a mão pendia para as revistas postas sobre o tapete, com mulheres em biquínis, enxurradas nas ruas, artistas de cinema contracenando em página aberta com cantores e ônibus caídos nas águas. Tudo passava por ela: música *beat* e nudez de mulheres, divórcios de estrelas e até calamidades e mortes do verão, como num primeiro tempo cinematográfico de um drama (seu) que estaria para desfilar, aterrorizador, misterioso, insondável. A mãe havia chegado do médico e por fim, sem muito jeito, como sempre, perguntara:

— Está melhorzinha?

Aquele melhorzinha a irritou. Mas não foi desabrida com Valentina, como às vezes costumava ser. De toda a sua experiência das últimas horas, conservava ainda como o melhor aplacamento interior aquela dormida na cama da mãe e o banho de cheiro da infância.

— Que foi que o médico achou?

A mãe ficou quase envergonhada. Não era na família a maníaca das doenças?

— Devo internar-me para fazer uns exames...

— Mas ele não disse nada?

— Não, não disse.

Carminho recolheu a resposta como mais uma palavra na vida comum em que a mãe, parece, pretendia conquistar o interesse e o carinho extremado dos filhos, fingindo sempre estar para morrer.

— Mamãe, você me dá um calmante?

Nisto a mãe era sábia. Em manejar remédios, em lidar com drogas. Foi quase com alegria que Valentina atendeu Carminho. Agora, tomado o tranquilizante, no quarto revolto por discos e revistas, riscou a primeira ideia: a vinda da noite anterior fora um pouco melhor do que imaginara, depois do sedativo, mas a noite de hoje iria ser terrível. Tanto mais que Almir não parava de telefonar, mandando até gente estranha falar por ele. Lembrou-se de Aloísio. Discou para o escritório do irmão, e ele atendeu meio desesperado:

— Não é a Laura, não; sou eu.

Um hiato:

— Que é que você quer? Estou com um dia muito apertado de trabalho...

A fala da irmã se fez pedido de socorro:

— Aloísio, pelo amor de Deus, depois do trabalho me leva a um cinema, sim?

Mais um silêncio.

— Você sabe que eu estou em falta com Geraldo... ele deve estar muito triste, Carminho.

— Eu *também* estou triste. Pelo amor de Deus!...

Aloísio estava cansadíssimo. Não pretendia expor ao telefone, diante de companheiros de escritório, seu caso pessoal:

— Amanhã eu vou com você. Prometo um programa... tudo que você quiser.

— Está bem — disse Carminho, sentindo que não devia esperar nenhum auxílio do irmão. A noite... a noite viria; a mãe, diante da televisão; o telejornal daria reportagens sobre as inundações, haveria programas musicais, e Almir chamaria outras tantas vezes. Foi à cozinha, abriu a geladeira, envolveu pedrinhas de gelo num guardanapo. (O truque era da tal colega da qual diziam as companheiras haver feito nem sei quantos abortos.) Deitou-se de novo, encharcando o rosto de gelo até que doesse. Enxugou-se, quase serena, vestiu um vestido novo, uma camisolinha curta e estampada. Depois de terminada a maquilagem, puxou o cabelo na testa, olhou-se, achou-se, já quase rindo, em surpresa, com cara de “coroa melhorada”. Avisou à mãe que ia “meter” um cineminha em cima dos aborrecimentos. Mas lá embaixo, na portaria, buscou o telefone de Sérgio Silva. Quando a voz dele soou, teve alguma hesitação, dizendo, afinal:

— Sérgio, sou eu.

— Quem? Não falo com quem não diz o nome.

— Carminho.

— Ah, sempre se volta ao lugar do crime.

O porteiro, arredado, observava a moça.

— Não brinque. Eu... eu estou com medo.

Baixava a voz até o sussurro, a boca colada ao fone.

— É normal. Mas isso passa.

O sopro chegou a ele, muito débil:

— Pelo amor de Deus... me leve a um cinema, a um lugar qualquer.

— Escuta aqui, menininha, depois de ontem você cresceu. Será que não sabe?

— Prometo que volto logo.

— Está bem. Pode vir.

Carminho desligou. O porteiro veio rindo para ela. O coração bem se fez lembrado, numa rápida batida.

— Você esqueceu de pagar...

Quando Carminho abriu a bolsa para dar-lhe o dinheiro, o porteiro balançou a cabeça:

— Dona Valentina teve razão em chamar um homem mais velho. E seu tio Domingos amanhã vai ter que entrar já em serviço — tinha a liberdade de um empregado que vira crescer a menina — quando chegar de viagem... É bom ir avisando os irmãos. Ando achando dona Valentina meio acabada, sempre no ar, como quem está fraca também aqui — Bateu na testa.

*

Era diferente — antes e depois do "crime", como Sérgio chamara o que lhe acontecera. Quando viera ali, à rua Rodolfo Dantas, sob a chuva, o escuro, não experimentara essa sensação torva de vir a ser observada. Era tardinha, varredores juntavam o barro das coxias, o sol punha em relevo os estragos das chuvas, fendas novas apareciam nas calçadas, numa feiura de contaminação que Carminho não podia explicar para si mesma. O Rio não estava sempre assim esburacado? Havia uma joalheria aberta e três gordas mulheres pinicavam o vidro com suas cabeças empinadas, pipilando admirativas. Viu o Copacabana, divagando, pensou nas seções sociais de sua admiração. Ao entrar no edifício de Sérgio, uma menina, chupando sorvete, olhou rindo para ela, caçoando abertamente.

"Esta chatinha já deve saber o que é mulher à toa. Aqui tem tanta nesse ponto! Será que pensa que eu?..."

Quando chegou à porta de Sérgio, ouviu as pancadas da máquina de escrever. Bateu, ele veio abrir de calção e camisa.

— Me proteja — disse ela, atirando-se.

— Mas de quê, bobinha?

Ele não a beijou. Empurrou-a fraternalmente à poltrona. Buliu no bar. Deu-lhe a mesma bebida da véspera.

— Não quero, não. Tomei remédio.

— Remédio é para gente velha. Tome que melhora.

Enquanto isso ele a observava, batida pela luz crua, de viés, do último sol.

— Você está um horror de maquilada.

— Eu sei — disse Carminho. — Mas eu estou com base para noite.

— Ah, você tinha planos...

Meu Deus, ele iria falhar. Ela fingiu que bebia, as lágrimas quase vieram, mas as dissipou com energia:

— Eu tenho um pressentimento. Vai acontecer um horror... eu sinto que vai.

Como que Sérgio fazia questão de exibir as pernas fortes de homem, os pelos, até mesmo pondo em evidência em suas passadas o sexo mal encoberto pela malha do calção. Exibia-se como se dissesse: "Aqui está o homem. O *seu* homem?".

Debruçou-se sobre a poltrona. Os pelos das suas pernas passaram pela pele das pernas de Carminho:

— Se eu não conhecesse você de muito tempo... não recebia hoje. Isso é chato. Comece a sua vida de mulher sendo menos chatinha. Você sabe que eu estava trabalhando?

— Mas é verdade! Eu sei... Eu sei que vai acontecer qualquer coisa... Sinto o perigo, mas não sei o que é.

Sérgio deixou Carminho na poltrona, foi à janela de onde se via o mar. Sem nenhum constrangimento, dava as costas à moça. Voltou, tirando a camisa. Por segundos, ela pensou que ele a desejasse. Talvez aquele obscuro, lúgubre pensamento, fosse machucado, vencido, anulado, entre os braços de Sérgio. Quem sabe se não seria bom sofrer fisicamente e deixar de pensar?

A camisa dançava na mão direita.

— Você foi educada no pavor do pecado. E agora espera o castigo. Mas não vem... senão... esta cidade seria o próprio inferno, e você vê que, apesar de várias chuvas, alguns desastres, gente mais ou menos desabrigada, há milhões que sobrevivem e fazem todas as noites, e até mesmo em tardes como esta, exatamente aquilo que você fez ontem.

Foi ao banheiro, deixando aberta a porta. Carminho não se voltou. De lá ele disse:

— Vamos dar um mergulho na noite. Cinema eu tenho de pagar... — E riu com sua piadinha.

18
Festa

O percurso da Tijuca a Copacabana foi demorado. Mudanças no trânsito, uma torrente de seres prestativos ou curiosos a encaminhar-se para o Maracanã; um ar afanoso de mulheres de rosto enérgico e endurecido em responsabilidades pelo atendimento aos flagelados, sirenes de ambulâncias, tráfego contido entre barreiras assinalando uma perigosa depressão nas ruas semiencobertas em alguns lugares por poças d'água; pessoas expectantes atulhando as esquinas como seres absortos, mineralizados, embrutecidos pelas calamidades. Mas tudo isso de cambulhada com o Rio de sempre: morenas em trajes coloridos, fresquinhas e vivas; mulheres mais velhas saindo às compras diárias, explodindo protestos pela falta de mantimentos; um carteiro levando a notícia à família e se deixando ficar em conversa sobre o mau tempo, prognósticos de novos aguaceiros; até mesmo, já mais longe, na altura do Flamengo, universitários aparentemente em greve fazendo parar os veículos, com braçadeiras, numa campanha indevassável para Elvira e Malva.

Durante essa longa e perturbada ida a Copacabana, Elvira não deixava de fazer perguntas sobre a irmã: se estava calma, se os filhos lhe davam dinheiro suficiente, se...

— Carminho ficou, pelo menos, uma moça bem-educada? Era dura para estudar. Saía de casa para a escola aos berros.

Malva respondia com alguma discrição, já um tanto alarmada com aquela exuberante companhia que, a certo momento, ameaçou ao chofer:

— O senhor está virando toda hora para ouvir o que se conversa aqui atrás... Cuide da sua direção que é melhor...

Houve ácida resposta, Elvira ainda retrucou:

— Não pense que tem razão falando mais alto do que eu. Eu posso falar ainda mais alto.

Malva pediu baixinho:

— Deixe, por favor, por favor...

Terminada a tumultuosa viagem, Elvira, já diante da casa da irmã, empalideceu:

— Você entra, prepara Valentina, depois eu chego. Não sumo, não. Vou comprar doces. Eu sei onde tem fios de ovos e queijadinhas.

Malva quis insistir, com receio de que Elvira desaparecesse:

— Posso dizer em dois minutos, assim: "Tenho uma surpresa muito boa...".

— Está pensando que Valentina é criança? Vá, converse, diga que eu não devo demorar, mas, olhe lá, não dê ideia de que foi você que me trouxe.

Dita a frase, Elvira se distanciou, andando ativa e fogosa. Malva pensou em seu horário perdido, na loja, nas amarguras que proporcionam as vidas alheias, e entrou no prédio. O porteiro festejou-a. Gostava dela; entretanto Malva tinha uma insegurança social bastante acentuada. E se passasse por uma empregada, dando trela ao homem? Ele não soube sentir o constrangimento da velha amiga de Valentina:

— Olhe, amanhã tem seu Domingos aqui. Vai melhorar muito para o pessoal de dona Valentina...

Ah, tolice dela, ir buscar a irmã, se Domingos estava para chegar. Ninguém melhor do que ele para assumir a responsabilidade dos dias que viriam para Valentina. Mas agora era seguir em frente.

Quando a amiga abriu a porta, havia música, para ela maluca, troando.

— Eu preciso falar...

— Vamos a meu quarto.

Quem sabe se o médico havia conversado com Malva — ou a enfermeira — enquanto ela se vestia depois do exame? Sim, agora isso parecia a Valentina bastante possível. A amiga não chegava com um ar meio... solene?

Tremendo, depois de fechar a porta do quarto, Valentina disse, senhoril:

— Ainda que seja o pior... quero saber.

Diante de Malva, o volumoso guarda-roupa Luís XVI com florinhas de madeira e laço em cima do espelho. Um gigante gordalhão e efeminado que a punha perplexa. Aquele móvel a impressionava, a esmagava moralmente com sua grande massa unida a peculiar delicadeza, seu pesado espelho, o efeito contraditório do laçarote de madeira, os botõezinhos de rosa. Desviou os olhos. Era um ser simples, mas aquele armário lhe dava qualquer sermão ou quem sabe se impenetrável aviso. Corajosamente, puxou à face o melhor sorriso, mas sua secura de pele não a ajudou:

— Venho dar uma notícia muito boa!

— Notícia boa?... Isto é luxo que não se vê há muito nesta casa. Só se for a chegada de Domingos... Se é esta, *fui* eu quem chamou.

Malva ficou sapeca de repente. Descobriu um potinho de porcelana onde havia uns bombons guardados.

— Posso?

— Pode. Diga logo, deixe de andar feito barata tonta.

Meu Deus, seu pequeno corpo de solteirona seca e parda pesava, a voz estava para desafinar, nunca teria um papel mais difícil:

— Eu hoje vi dona Elvira!

— Ah, *essa* era a boa notícia. Uma irmã que me abandonou, brigou comigo e não quis mais saber de minha vida...

Valentina fazia uma ponta com o lábio. Virava uma menina velha. Se Malva soubesse! — até que a acharia parecida em sua zanga meio infantil à conjunção menina-mulher-velha de Facadinha. Mas a amiga não tinha mente para apreender a metamorfose de Valentina. Continuou a ousar, a língua sem cuspe, a mão direita caçando a esquerda, escravizando-a e fazendo-a sofrer:

— É o que estou dizendo. Fui fazer compras em Botafogo e dei com dona Elvira. Foi assim por acaso, porque uma senhora chamou, ela respondeu, e eu achei parecida... são irmãs muito parecidas... sabe?

— Menos em política e gênio.

— Aí eu disse quem era... e então ela saiu com essa, mas direta, mesmo... *Vou casar e tenho que avisar à família...*

— Meu Deus! Meu Deus!

A outra tremia:

— Ela diz que... vem hoje aqui!

Valentina sentou-se lentamente na cama. Dez anos longe da irmã — da única irmã — e na mesma cidade.

— Ela não vem... Disse por dizer. Elvira é muito cheia de energia, tem de gastar de qualquer jeito... Mas que bom! Então, depois de tanto noivo atrapalhado, até que afinal encontrou um e vai casar! Fico feliz, mas eu acho: Elvira engambelou você.

E quase baixinho, a voz entrecortada:

— Eu não mereço de Deus esta felicidade!

*

Três quartos de hora. Malva já achava que fizera mal em avisar, pois dona Elvira tinha um modo de quem ia fugir... O nervosismo de Valentina subia ao auge. Começou a dar ordem na casa, adquirindo uma súbita energia:

— Que pena! Não está nenhum dos meninos em casa!

Quando a campainha tocou fortemente, as amigas se entreolharam, suspensas. Depois, houve um tamborilar enérgico na porta da entrada:

— É ela, é ela!

Foi Malva quem abriu.

As duas irmãs se abraçaram, rodaram juntas, turbilhonando entre risos, beijos. Levaram assim, verdade, uns cinco minutos. Depois Elvira se desfez dos embrulhos:

— Sua fera! Trouxe umas coisas para você. Imagina?

— Fios de ovos.

E a irmã ria leve, como chegando numa festa, estimulada, tão estirada de rosto que Malva pensou: "Capaz que o médico se engane mesmo...".

— E queijadinha, minha irmã. Imagine isso, queijadinha, em Copacabana!

Valentina de repente ficou grave. Encontrava-se naquele momento em que a felicidade pesa demais, há renovações de velhas angústias querendo oprimir a supersticiosa posse de um bem inesperado:

— Agora que você voltou, posso morrer.

— Morrer, nada! Agora a gente se entende!

Quando Elvira falou, seus olhos enérgicos buscaram Malva:

— Meu noivo tem de pensar que a minha família é bem-educada...

Ficaram rindo, uma para outra. E começou, então, um longo banquete a duas, porque Malva logo reconheceu que era demais na grande festa das irmãs reconciliadas.

19
“À sanha de meus inimigos...”

Bento, os olhos puxados para o alto, deformado pela iluminação da vela vermelha, era um duende a dizer palavras mágicas de seu sonho com Getúlio:

— Bento... eu não me suicidei. Conte pra todos... Fui traído...

Almir não quis interrompê-lo. O calor do conhaque dissipara os tremores. Daquele ponto em diante, julgava ter descoberto um sinal poderoso de sucesso. Bento continuava contando:

— Era como se eu estivesse acordado. O presidente que conheci já bem mais gordo, menos cabelos, andando mais devagar na sua prosa e no jeito, ia dizendo sempre: “Fui traído pela pessoa em quem mais tinha confiança... Eu gostava muito da vida...”. Escondeu a cara na mão, tornou a soluçar, eu solucei com ele, porque a morte do presidente era ainda quente, como ferro em brasa, em nós todos... “Você sabe, Bento, pode procurar ouvir quem quiser de minha família: *a guarda que estava em frente do Catete* era mais para *prender* do que para *garantir*... A verdade é que não me deixariam sair livremente... Estava preso! Aqueles homens, dia e noite, olhavam com ódio para nós, eu sentia. Eram os nossos inimigos, Bento. Tendo dado a palavra que só deixava o palácio morto...” — O homem tomou mais uns goles. — “E com aquela guarda ali posta contra mim... só tinha uma solução, a morte. Mas a morte a meu modo, para poder sair do Catete... A morte para eles, não para mim..."

Almir pensou que seria essa até uma solução bem getuliana. Não diziam que ele era mestre em dar rasteiras em seus adversários?

Bento falava já com a língua meio presa, de quem com poucos goles, pela falta de costume de beber, cai logo no emperramento:

— Foi aí que o presidente Getúlio me deu uma ordem, ordem mesmo, de cima para baixo, sabe como é? "Diga a todos que entrarem nesta casa: eu não me suicidei. Fiz um plano. Dei o recado para a carta-testamento, mas isso não era para ninguém da minha confiança; servia como 'prova' de meu suicídio... No revólver, só tinha de ter pólvora seca... O 'corpo' saía de avião para São Borja (era meu desejo), e nesse avião eu recobrava a liberdade... Mas fui traído, Bento, por quem eu tinha mais confiança... Queria limpar meu nome... punir quem tinha culpa e voltar ao Catete."

O fotógrafo ia sentindo uma ebriedade diferente da do contínuo. Aquilo tudo formava um sentido, era a explicação que se desejava daquele longo e obscuro drama vivido por Getúlio. Viu na memória a fotografia do presidente, as mãos manchadas de negro, sujas de pólvora, deitado no caixão.

— "Alguém meteu as balas, carregou o revólver... Fui traído, eu não queria morrer..." — continuava dizendo Bento.

Almir espicaçou-o, só então:

— Há muita gente que sustenta: Getúlio quis matar-se algumas vezes...

Bento tremeu as bochechas meio descontroladas:

— Besteira, chefe. *Ter morrido* não há homem que não deseje um dia... Ter morrido é uma coisa, quem não quis?... Mas morrer é outra história. Eu por mim acreditei no sonho. Até contei a um padre para saber o que devia fazer... Falar ao presidente Café Filho, ir a um jornal, nem sei... Então o padre me disse, muito sério: "Pede um sinal, para saber se foi verdade". "Como, padre?" "Um sinal qualquer..."

A voz de Bento era grossa, sempre mais demorada.

— Pedi uma flor... Que alguém me desse, durante uma semana, uma flor...

Súbita irritação invadiu Almir:

— Ora essa! E quem lhe iria dar flor, assim de repente?

— Pois já me deram, sim senhor. Uma comadre, um dia, me trouxe uns amores-perfeitos de seu jardim de Madureira. E até uma funcionária, que mora aqui perto, me deu uma orquídea, tirada do centro da mesa de uma festa do Guanabara...

O vigia do Museu da República ficou profundamente fechado em si mesmo. Trancado no fim de seu mundo de solidão. Foi preciso que Almir o sacudisse:

— E... depois?

— Depois, nada. Ninguém me deu a flor. O sinal não... veio.

— Quer dizer... que você pensa que foi só um sonho... como outro qualquer?

Bento riu com amargura:

— Quer dizer... que eu acho que a morte do presidente foi assim mesmo... O sinal não veio porque... Não sei. Vontade de Deus... — falava a esmo. — Ninguém pode saber... e podia haver naquele tempo muita confusão. Dias em que o povo chorava na rua...

Disse isso e ficou petrificado. Estava dormindo sentado agora? Estava. Almir apanhou o pires com a vela que se desmanchava em borbotões vermelhentos. Era senhor do Palácio do Catete. Subiu a escada, e, sem as flanelas, os passos ressoaram numa acústica de palco. Reviu os candelabros como os anjos maus do presidente morto. Sim, aquele sonho era um achado. Sempre sentia que houvera um desejo muito grande de se pôr ponto-final à morte de Getúlio. O inquérito? Que fim levara o inquérito? A morte de Kennedy despertara um infindável rio de questões, e até hoje investigações e livros explodiam como a sôfrega busca da verdade. Mas no Brasil, não. "Suicidara-se." Havia, entretanto, a carta-testamento não escrita por ele, mas assinada, "endossada", como bem disse a filha a uma revista.

Almir subia sempre. Chegava à janela-tribuna do centro, onde Getúlio se debruçava nos grandes dias de comoção nacional.

Abriu-a. A rua estava mergulhada também em escuridão. Fluxos invisíveis de povo palpitavam nas sombras. Multidões vinham dos confins do Brasil, e ele, o fotógrafo, hoje repórter, lhes fazia saber que todo o sofrimento, os desencontros do povo com os governos, as decepções, e agora até as calamidades que estendiam a desgraça por milhares de casas, tudo que devia ser bom e belo e virava lama e sofrimento vinha daquela espécie de vaticínio (no jogo da astúcia vencida pela astúcia): "À sanha dos meus inimigos...".

Iria escrever a mais fabulosa reportagem. Estava certo quando escolhera o assunto. Ficaria, depois dela, na condição de ser mais do que o "cachorro" de Carminho. E essa reportagem seria escrita em cima da mesa do presidente. Fechou a janela, o ouvido feito ainda concha, guardando antigas e confusas explosões, no oceano perdido das manifestações públicas. Atravessou as salas, sentou-se à escrivaninha de Getúlio. "Que pena não ter aqui um telefone para falar a Carminho! Ah, se ela soubesse!"

Tirou papel do bolso. Ainda havia luz de vela para uns quarenta minutos, cuidou. Desdobrou as páginas de bloco. Escreveu em cima: "Entrevista com Getúlio". Parou. Foi como se se visse do lado de fora, ir ficando pequeno, pequenininho, miudíssimo, e todas aquelas paredes cresciam em cima dele. Mas reagiu, embora os borbotões vermelhos da vela o desviassem um tanto, na atenção. Ainda há pouco estava seguro e fora o dono do Catete. Forçou-se a ter coragem, foi redigindo, ganhou mais firmeza. Quando a vela acabou, ele dormiu sobre as folhas esparsas, como um soldado na certeza da batalha ganha.

20

Os "especulas"

Puxavam-se pelos braços, riam, eram três "especulas" em disparada pelo corredor, dispondo de algumas horas a mais, famintos por ter informações exclusivas. Trabalhavam num escritório de construções, moravam na vizinhança do Professor e haviam frequentado seu apartamento. Formavam no meio dessa gente pronta e assanhada que é amiga, às vezes; homens com o gosto de piada untada de farto cuspe, da novidade fresca. Faces estiradas, começo de barriga, modo de agarrar em tudo, revolvendo objetos na ânsia sempre renovada de saber o quanto valeriam ou o que deveriam significar.

A sarabanda dos "especulas", aportando bulhentamente ao apartamento, fez com que Geraldo se arrependesse de estar ali; já deveria ter voltado para casa. O mais baixinho dos recém-chegados, deslizando atrás da poltrona de Geraldo, meteu a mão leve e esperta atrás de uma estante e exultou, mostrando o achado:

— Citações de Mao Tsé-Tung.

— Deixa, rapaz, não bole na estante. Amanhã vem o oficial de justiça, vai tomar nota de tudo.

— Por isso mesmo — disse o mais velho, de cabelinhos crespos acima das orelhas, contornando a meia calva queimada de sol. — Nós merecemos uma lembrança do Professor.

O terceiro já puxava o volumezinho da mão do irmão, que lia alto:

— "Nós, nação chinesa, temos o espírito de combater sangrentamente contra nossos inimigos até o fim." Ah! Ah! Só a nação chinesa? Discutível.

Com força, pois que ele resistia, Geraldo puxou o livro. O outro não queria largar o volume.

— Que vieram fazer aqui? Estou exausto, volto para casa. Desculpem, mas só vim dar ordem e já vou embora.

O menor deles puxou outro volume da estante — era um dicionário.

— Que fim levou a coleção de moedas do Professor? E a caneta de ouro dada pelos antigos alunos?

Empurrou o livro, andou bulindo em outras prateleiras. Geraldo não o perdia de vista.

— Nunca vi essa coleção. Não sei de caneta de ouro. Se existir, aparece por aí no meio dos guardados.

O mais velho veio direto ao assunto:

— Acompanhei todo este rolo nos jornais e disse lá em casa: o Geraldo é que andou certo. Não se meteu na fria e agora ainda está aí considerado por todos... provando que é homem de cabeça no lugar.

— Se você alude à manifestação de protesto. — Os três, um ar simiesco, se puseram à frente de Geraldo em passos instantâneos, prontos para recolher o alimento da curiosidade. — Agora que ele morreu, lamento não ter tomado parte nessa *fria,* como você disse.

— Lamenta porque está aqui, com toda esta livralhada à sua disposição e os trecos aí pelas gavetas que a gente nem sabe bem ainda o que devem ser. Muitos elogios pelos jornais, cambada de lá e de cá toda de bem com você... mas ainda tem gente que tomou parte na manifestação nas grades.

Geraldo sentia-se sitiado por aqueles três seres a fuçarem ali com um ar de reprovação evidente e de caçoada.

O "especula" do meio levantou o dedo comicamente professoral:

— ... Depois, já está chata, não é, essa história do Vietnã?

O mais velho brincou com os lápis como se fosse familiar da casa.

— O Professor Santana não era como você. Tinha sempre conversa amiga. É lógico, ele sabia que, se nós não somos "intelectuais" como outros querem ser, pelo menos a gente lê bem os jornais, não é? E aprende muita coisa, não é? Jornal também ensina!

O baixinho fruía com verdadeiro sabor o aborrecimento de Geraldo.

— Se quiser protestar, tem muita guerra. Por que não a dos judeus e a dos sírios? Vai dar um bolo danado. Pode ser o começo do cogumelo que estoura o mundo. Da China com a Índia? A dancinha de Áden? — Fez uma pirueta. — A das guardas vermelhas com o Partido? A revolução no Tibete? As guerrinhas da Venezuela? A Frente Nacional da Libertação da Angola? A fria da Guerra Fria entre a China e a Rússia. E Chipre, gente, eu ia me esquecendo... E o Congo, então?

Riam babosamente os três, e o mais velho sentenciou:

— Se quiser nosso apoio, tem uma guerrinha lá no norte do Amazonas entre duas tribos de índios. Eu sou a favor dos índios tuberculosos.

— Vamos parar já com isso.

O mais velho tomava novamente o livro de Mao Tsé-Tung, colocado em cima da mesa.

— É fácil o problema. Aqui está: *Guerra e paz:* "A guerra é a continuação da política. Neste sentido a guerra é política. A guerra é continuação da política com outros meios". Genial. Aqui, em intimidade: quando foi que o Professor *caiu*?

— Não há segredo, saiu nos jornais. Há anos que ele não estava mais no Partido.

Como os dois maiores se juntassem, pendendo para Geraldo, o menor os afastou, imiscuindo-se entre eles, gesticulando:

— Tinha de cair mesmo. Era marxista. Quem é que pode estar com o Partido Revisionista, com esta gente que mete até a Fiat na barriga?

O cerco se tornou quase insuportável. Era como se eles quisessem devorar Geraldo. Perguntas bobas, sórdidas, estalavam, desabusadas, na vulgaridade de um brinquedo entre homens.

— Peço a vocês. Saiam. Compreendam. Eu ainda estou muito perturbado.

— Grosso — disse o mais velho. — Só porque vai herdar esta livralhada cheia de bicho.

O mais novo o apoiava.

— Meteu o velho no bolso, isso sim. Você nunca foi marxista coisa nenhuma.

Geraldo libertou-se daqueles bafos azedos, daquela pressão sem um sentido mais positivo senão o de mera agressividade. Alcançou a porta, abriu-a, escancarou-a. Respirava com dificuldade, alto.

Eles vinham com seus passos cadenciados, rindo. Iriam esbofeteá-lo?

— Não sei mesmo se sou marxista — disse Geraldo, procurando disfarçar o nervosismo diante daqueles três homens de maldade corrosiva e estúpida. — Mas sei que aqui, junto desses livros do Professor, ninguém me faz medo.

O primeiro lhe deu um encontrão — era o mais velho. O segundo esbarrou com a perna na altura de seu joelho, o terceiro roçou-lhe o ombro com violência tão grande que a cabeça de Geraldo resvalou na porta. Contentaram-se com isso. Quando Geraldo trancou a porta, ouviu a gargalhada dos três cafajestes. Sentou-se à mesa, apertou a cabeça, depois olhou em torno. Estavam todos ali, os livros-amantes. Ele os defenderia. Um dos sujeitos tinha razão. Não era marxista, não era um verdadeiro marxista, como o Professor. Estava habituado àquele clima pelo qual um indivíduo se diz marxista por escolha, sem estudar, sem ir às fontes nas quais o Professor se aprofundara por uma vida inteira. Mas subsistia o mistério. Santana deixara o PC e se entregara àquela manifestação repudiada pelo partido como "pouco realista". Juntou às considerações o depoimento da visita anterior, daquela extraordinária amorosa que dizia não ser o Professor da "geração cínica". Por aqueles livros ele chegaria a um resultado qualquer, a uma segurança que poderia apalpar, localizar em prenúncio. Chegaria ao mistério do homem de consciência.

*

Apanhava o paletó para sair quando o telefone soou. Estava tão mudada a voz da mãe que a princípio estranhou.

— Eu sabia que você estava aí. Tenho uma notícia.

Ria, ria, enrolava as frases, numa excitação que tornava estridente e metálica a ressonância das palavras.

— Mamãe?

— Quem é que você pensava que era? Olhe, você não acredita. Aconteceu uma coisa estupenda...

Geraldo pensou que andava meio preocupado com a mãe, entre crises de depressão, falando de doenças ou de euforia dada pela benzedrina. Mas Valentina ria, agora, um riso leve, e outra voz — era a de uma mulher que intercalava com a dela.

— Elvira voltou.

— Quem?

— Sua tia Elvira!

Ah! Ele tinha uma tia que se chamava Elvira, aquela que a mãe não cansava de recriminar. Ela voltara. Mas então a briga não era de ressentimentos profundos?

Valentina continuava:

— Você sabe por que voltou? Ela vai casar.

Ao lado, novamente, a voz de mulher se metia, rindo, numa sonoridade também metálica.

— Está dizendo que vai casar com um careca... Eu telefonei para dizer isso.

— Sim, mamãe. Você está contente, eu também fico.

— Você não vem ver sua tia?

Geraldo, que ia voltar para casa, mudou de ideia. O melhor seria deixar que as duas conversassem, se entendessem, tratassem de suas vidas. Afinal, quando vira pela última vez sua tia Elvira era um menino. Estava fazendo treze ou catorze anos. Era bonita, sim, e também alegre, ruidosa. Saíra uma vez às compras com ela; comprara-lhe, acreditava, as últimas calças curtas. E brigara com o caixeiro...

Elvira tomou o fone:

— Sua mãe disse que você está de dar orgulho na gente. Um tipão!

— Já que a senhora está aí, por que não faz um pouco mais de companhia para mamãe? Ela andou se queixando de doença.

— Eu vim da Tijuca, rapaz. Nossa festa vai ser um pouco demorada. Estivemos fazendo compras. Olhe, eu vou dormir aqui.

— Bem, mais tarde nós nos encontramos!

A mãe tomava o fone dessa vez. Dizia adeus, e a risada da fraternidade louca se desfez com o choque do fone no gancho.

*

Noite fechada, e Aloísio apareceu. Geraldo o observou como se muito tempo houvesse decorrido. Abraçou-o, o irmão, contraindo o rosto. Pedia desculpas por não ter estado junto dele o dia todo; por fim veio a mostrar-se, confidenciando, quem sabe se muito mais ferido.

— Estou desesperado. Antes de vir, passei pela casa de Laura. Estava fechada, acredita? Uma vizinha me contou que todos foram obrigados a sair das casas... há perigo de outros desabamentos.

Geraldo fitava o caçula, assim andando de um para outro lado, obcecado por seu caso de amor tão artificial — pensava —, um drama de desentendimentos entre duas criaturas jovens atulhadas de arcaicos preconceitos. Pensou e não disse: "Acho que ela fugiu de você".

Arrepiado e insone, o "caboclinho" de Valentina repetiu alto o pensamento do irmão:

— Parece que ela fugiu... de mim. Não custava telefonar para o escritório... — Mudando de tom: — Vamos para casa? Se Laura telefonar...

— ... Mamãe manda falar para cá. Tia Elvira chegou. E elas estão meio doidas. Na estratosfera. Convém não atrapalhar a reconciliação...

Aloísio foi muito sensível ao acontecimento:

— Graças a Deus! Rezei muito por isso. Coitada da mamãe... Coitada. Como deve estar feliz! Estou tão atrapalhado que digo "coitada". Sempre pensei que elas acabavam fazendo as pazes... Foi aqui que ele morreu? — Aloísio mostrava a cama do Professor.

— Foi, mas, se quiser, pode deitar. A não ser que essas impressões...

Aloísio buliu no travesseiro.

— Você teve o Professor... Eu tive padre Augusto.

— Teve? Não. Você *tem!*

Aloísio primeiro sentou-se, espichando meio corpo na cama.

— Eu pensava que ele... me pudesse aliviar, aconselhar. Na Casa Paroquial, hoje, estavam uns malucos discursando... fiquei mais confuso ainda. Estou estourando de dor de cabeça.

Geraldo também estava tão chocado que a visão das baratas saindo das profundezas do São João Batista o perseguia. Começou a ver baratas pelo chão, perto da cama. Veio andando, para certificar-se.

— Que é que você está olhando?

— Nada. Descanse. Só tenho uma ideia verrumando a cabeça: eu... se eu estivesse preso. Eu... me sentiria bem melhor. Vieram uns sujeitos aqui e me trataram... como se eu fosse um criminoso. Foi muito chato para mim. Pareciam uns idiotas... mas foi duro.

Não eram os irmãos capazes de alcançar as aflições um do outro. Aloísio fazia seu monólogo:

— Laura... está esperando filho.

— Esta é forte. Os milenistas são severos. Lembra-se daquela empregada que foi expulsa, diante de todos, da igreja em Nova Iguaçu? Vocês devem casar já, se é que há amor. Os pais dela não vão aceitar a situação de escândalo.

— Ela se irrita comigo. Sabe por quê? Porque... vive a sua religião. Não é como nós, católicos. A gente aqui, fazendo suas coisas, a fé lá pelas alturas.

Geraldo não suportava mais uma controvérsia para ele tão fútil:

— Vocês se reúnem em congressos com protestantes, com marxistas, vivem falando nos *irmãos separados*... Tome já uma decisão. Case ou não pense mais... nessa... fanática.

— Fanática? Talvez você esteja certo. Os sujeitos que se uniram na manifestação, os que foram presos, enquanto você se recrimina por não estar com eles, toda gente está também chamando de *fanáticos*, até mesmo os do PC como um meu colega do escritório...

Caiu um grande tempo sem medida. Na noite pesada e úmida as baratas estariam quietas, na intimidade dos despojos. Quietas e graves, donas das profundezas.

Aloísio tirou os sapatos. Fitou o irmão com borbotões de palavras para saírem da garganta. E baqueou pesado de sono, na cama.

Geraldo reviu outros papéis, abriu uma lata de biscoitos. Experimentava o sabor, relacionando-o, enquanto fiscalizava o irmão colhido pelo sono, como numa comunhão dos católicos. Mas os "outros" estavam ainda nas grades. Levantando-se, tomou do fundo da estante o relatório, em espanhol, do XXII Congresso do Partido Comunista Soviético, de outubro de 1961. Na capa, a agressiva e poderosa mancha da efígie de Lênin. Kruschov lançava o grito "pela construção definitiva do comunismo em 1980". "Superar as diferenças de classe entre operários e camponeses, as diferenças essenciais entre a cidade e o campo; criar condições para conjugar 'organicamente' o trabalho manual e o intelectual." Kruschov desabara. Enfiou o livro nas profundezas da estante.

O Professor *caíra,* sem um queixume, anos antes de morrer, como antigos chefes hoje chamados de *caducos.* As baratas cobriam vivos e mortos. Pobre de seu irmão. Em sua crença, como ele próprio, não encontrava, também, as forças de que carecia. As velhas desentendidas se reuniam, finalmente, hoje. Recordou mil discussões que também tivera com Aloísio e teve pena. Empurrou brandamente o irmão para o canto. Sentou-se na cama. No Maracanã, montes de refugiados; ilhas humanas, com suas cobertas, seus objetos, sua privacidade posta a nu, suas desconfianças ferozes. Ele não poderia voltar para casa, não devia ser — o quê? — um estraga-festa. Realizou, rodando os olhos por aquele colorido mundo dos livros, a importância quase terrível da fraternidade entre irmãos. Pensou nas palavras que a mãe e a tia pronunciavam, agora, nos vivos e nos mortos que só elas conheciam, até no riso bêbedo das duas reconciliadas.

21

As senhoras--crianças

Depois do telefonema a Geraldo, ficaram as duas às gargalhadas. Senhoras-crianças, recuperavam um distante humorismo que havia sido o traço mais característico da fraternidade. Dir-se-ia que Valentina estivesse curada.

— Como você se vai vestir para casar... com o careca?

Elvira, majestosa com seu traje estreante, atravessou a abertura da cortina, puxou os dois lados do véu para a cabeça:

— Com todo esse jeito de mulher vivida... não sou camélia que caiu do galho.

Naquele momento, Valentina bendisse a irmã que lhe trazia o sopro vivo da alegria. Continuou rindo, agora docemente. Seus olhos estavam úmidos:

— Você ainda está bem bonita.

— Mas bonita, diga, bonita mesmo, para aguentar coroa de noiva?

— Por mim, acho que aguentava. Mas, para os outros... olhe, vá de branco, branco e prateado, um *tailleur* curto, como vi outro dia numa noiva que não era mais broto. Ponha um véu bem pequenino de renda, só cobrindo os cabelos... Domingos pode levar você no braço... Ele chega amanhã.

Cada peça do apartamento, cada objeto foi como que apresentado, transferido em sua atmosfera espiritual à irmã. Elvira viu os livros de Geraldo, um retratinho da protestante ao lado da cama de Aloísio, os discos de Carminho, o álbum de recortes das fotografias do namorado bebão, "com quem, graças a Deus, ela acabou ontem"... E Valentina se surpreendeu, pela primeira vez, depois de tantos anos, a fazer, um por um, o elogio dos filhos. Terminou contando sobre a noite anterior, falando no encanto da filha que foi procurá-la, dormir na sua cama como se fosse um bebê.

— Você trouxe um retrato do... careca?

— Não. Trouxe comigo — Elvira abriu a bolsa — um retrato da turma de alunas do ano passado... E, aqui, o meu gato junto das plantas. Às vezes cheiro a jasmim, às vezes a... gato. *Deixei* com um vizinho de apartamento.

Quando chegou a vez de mostrar o seu quarto de dormir, Valentina já estava séria. A outra considerou gravemente:

— Você conservou a mesma mobília!...

Frente a frente com o armário — o gigante de florinhas —, recordou, sem o mencionar, que de um canto seu o cunhado havia tirado a arma... naquele suicídio tão sem sentido... *até hoje.*

— Que é que você faz nesse lugar?

— Eu vivo aqui, Elvira. A televisão... aquela janela... Todos os dias lembrando mamãe, tio Quincas e *você*. Lembrando quando éramos meninas.

Valentina abriu a janela, mostrou-lhe a pedra-monumento, com suas colunas.

— Ficava sonhando. Fazia até piquenique com você, fantasiada com uma porção de roupas malucas, debaixo dessa pedra. Uma brincadeira de Carnaval que não fizemos.

A irmã abraçou-a. Valentina continuou, meio envergonhada:

— Aqui, minha distração era pensar, às vezes... você se lembra da Facadinha?

— A menina filha da mulher à toa? Aquela com quem a gente não podia brincar na rua?

— Pois eu lembrava dela... mas como se tivesse crescido. Tudo sonho que ia fazendo mais sonho, como um fio que puxa outro... E aí aparecia um criado, às vezes mulher e às vezes homem, e me mostrava a pedra dizendo que ali tinha um tesouro. Coisa de quem já vai ficando velha, não tem muito com quem conversar.

— Você anda tomando remédio demais... — Elvira mexia na mesinha ao lado. Ia dizer "Você está bêbeda de tanta droga", mas disse, contra si mesma: — Eu também invento uma porção de coisas. E o pior... não guardo para mim... passo adiante.

A janela fechou-se. As senhoras-meninas riam, riam novamente. Elvira lembrou-se dos fios de ovos, das queijadinhas. Sentaram-se à mesa da cozinha. Valentina serviu uma carne assada. Elvira provou no tempero o gosto de casa de pai e mãe. Comiam devorando santamente o passado e o presente. Só Elvira sabia o quanto Valentina gostava de fios de ovos. Brincaram agitando os garfos com os fios dourados, reconstituindo um "monte de fios de ovos" com bolinhas prateadas de que haviam provado num banquete em casa da tia-avó, a que tinha o sofá de bambolins vermelhos. Depois de comer, arrumaram a mesa para a festa da manhã do dia seguinte, quando toda a família se reunisse. Valentina pôs suas melhores xícaras de porcelana, mas Elvira, antes, escolheu uma toalha rosa, de aplicações de linho branco.

Rodaram, encantadas, em torno da mesa. As horas corriam tão ligeiras, tão ligeiras, que de repente ficou escuro, e a noite adensou. Foram novamente à sala, Elvira pediu música, Valentina, excitada, foi procurar, numa gaveta que não abria havia anos, a canção "Laura", de que a irmã gostava. Ouviram a música com encanto, quebrado, de súbito, pela molecagem de Elvira, que começou a fazer a mímica da antiga vedete, fingindo que cantava enquanto durava a canção. Dava passadas, revirava os olhos, punha a mão no coração, Valentina segurava o ventre, sentada no sofá. Quando terminou, Elvira fez um ar muito modesto, cruzou os braços, agradeceu, batendo as pestanas.

Sentadas no sofá, ficaram ainda rindo como namorados, uma para a outra. E o mesmo olhar de Elvira e de Valentina foi para a alegre cavalgada de prata dos retratos maiores e menores em cima da mesa. Ficaram sérias.

— Vou contar um segredo... Eu pensei que você voltasse... mas só quando eu fosse operada. Pensei que... eu então ia entregar meus filhos a você... apesar de ter chamado Domingos. É sempre preciso... uma mulher... na casa.

Elvira fechou o rosto.

— Pois eu pensei que com o tempo você tivesse acabado com suas manias de doença! Quer saber de uma coisa? Você vai morrer agora tanto quanto eu! E não me venha mais com essas baboseiras. Se você falar em doença... eu saio já daqui!

Valentina fez uma cara meio sentida, meio envergonhada:

— Pelo que vejo... o gênio não melhorou. Mas não falo mais em doença. Pode ficar sossegada.

Foram à varanda da sala, vendo passar a gente que aproveitava a noite sem chuva. Carminho devia estar no cinema com uma amiga. Tiveram o cuidado de não falar em política. Porque velhas brasas adormecidas poderiam aquecer. Depois Elvira, transfigurada de nervosismo, talvez mais do que calor úmido, pediu uma camisola. Foi assim até a cozinha, tomou água gelada.

— Cuidado com os meninos... Eles podem chegar a qualquer momento.

— Que é que tem? Não estou ainda em forma?

Riram mais e mais, foram para o quarto e se deitaram, Valentina tomou suas pílulas. Já estavam quase entrando na faixa bendita do sono. Elvira, que tinha acendido a lâmpada a seu lado, ouviu um longo rumor, poderoso, mas abafado, como o de um vagalhão rebentando de encontro a um muro amplíssimo. Mas não era do lado da praia. A irmã parecia adormecida, ela não quis despertá-la. Das duas, Elvira não fora sempre a mais corajosa? Fitou o armário, posto em frente da cama. Moveu-se bambo, com sua crista de florinhas, no alto.

— Meu Deus! Meu Deus!

As portas escancaradas, ele caiu sobre a cama. Elvira sentiu como que uma pancada imensa. Estavam seguras pelo armário, rodopiando; deslizava com a irmã, numa escuridão total, pois a luz apagara, enquanto percebia que, à queda em que se aprofundavam, gritos de socorro atroavam, fracos, de algum lugar. De súbito, tudo parou. Um cheiro de gás fortíssimo vinha dali, de junto. Elvira ergueu a mão, abandonou-a. Estavam seguras, protegidas pelo armário. Mas havia o gás.

Como num sonho, pois sentia que perdia as forças, mas continuava a ouvir gemidos, falatórios que ressoavam, passos e percussões na parede adivinhada, baixou logo a mão à procura da irmã; a pressão se fez mais leve e ela a agarrou. Sabia que nesse gesto estava toda a sua vida. Alguém, uma fala de mulher, começou a gritar a um telefone. Deveria ser isso ou estaria sonhando com o apelo?

— Estou aqui, é um milagre, vocês me venham buscar!

A voz se distanciava, Elvira apurava o ouvido, e de qualquer lugar da escuridão a mulher gritava cada vez mais longe, mais apagado:

— Vocês me ouvem? Estou aqui.

A mulher chamava de qualquer ponto, sim, mas poderia ser ali bem junto, do contrário não ouviria, murada que estava pelo armário e por uma aluvião poderosa, cuja extensão não saberia calcular.

“Virá o socorro para ela e também para nós.” A mão de Valentina fugiu, dissipou-se, perdendo peso, de súbito. Elvira alcançou-a, segurou-a, sentiu sua quentura com grande esforço.

“Seremos salvas.” E lhe veio deliciosa a ideia de que seriam salvas, sim, mas por Domingos. Através de todo o negrume, ele surgiria acompanhado dos sobrinhos.

“Domingos, Domingos.” Mas a voz fraquinha da mulher agora sussurrava:

— Você não me ouve! O fio está cortado. Está cortado, cortado, cortado, cortado.

O som ressoava em abóbada, unia-se compassado ao batido imenso do coração de Elvira. Mais nada, depois, senão pancadas surdas como de pás abrindo talvez uma brecha. Iriam libertar a mulher do telefone? O armário seria levantado, elas respirariam, salvas. Era o que iria acontecer.

Valentina parecia associar tudo ao medo da doença, da operação:

— Diga — a voz era fraca... — Esse cheiro? Já estão me operando? Não é verdade? Eu... não posso aguentar esse cheiro...

Elvira ficou alerta até que tudo passasse. Soube o que aconteceu, até que fossem recolhidas, menininhas e leves, tirada a porta do armário para o socorro esperado. O outro, não aquele suplicado pela mulher na escuridão. Tio Quincas e a mãe as levantariam com facilidade. Segurou a mão da irmã, terna e forte, já meio dormente no escuro, e disse, com a última energia que chamou a si:

— Respire bem que tudo vai passar. Estou segurando a sua mão... Não tenha medo... Respire...

Respiraram juntas.

22
Mergulho na noite

Carminho sentia em maior ou menor espessura a viscosa coberta da maquilagem. Sentada ao lado de Sérgio Silva, como mulher casada em programa de distensão e repouso, seus poros repeliam a base do creme, o lábio ardia com o batom, os olhos pesavam sob a carga azulada. Sentia-se adoentada de pintura, na sala-terraço do restaurante, com raros fregueses.

— O jantar está custando um meu artigo: "Mergulho na noite".

Serviam-se, Sérgio Silva e Carminho, de siris recheados. A dona da casa, esguia e bela senhora, sentou-se, observou meio constrangida aquela menina maquilada e tensa mexendo o garfo. Sérgio ouvia a cantilena da "patroa":

— Não há mais estabilidade para uma casa como esta. Se ao menos o turismo garantisse... Há algum tempo, a gente ainda fazia boa média; dia ruim, dia bom... Agora, com esse tremendo verão e tantos aguaceiros... as pessoas se assustam. Talvez saia daqui e junte os prejuízos a um sócio em "La Caravane". O resto é iê-iê-iê, chope, e estamos conversados. Sem o jogo a Guanabara não se aguenta!

Mas não fora só esse jantar em quadro quase desértico que a noite carioca medrosa de tempestades, penetrada por um calor que reduzia a máscara de Carminho a cera escorrida — pois a refrigeração estava suspensa —, oferecera à moça.

Mais adiante participaram de uma sala calma, ouvindo um pianista muito antigo, a tocar mansamente, improvisando variações de velhas melodias para um público de pessoas de meia-idade. Na mesa próxima, um americano já velho e a brasileira mulata,* de peruca loira, faziam um pequeno filme idílico, destacado no tempo, fora de conflitos raciais, à margem do bom senso de todas essas criaturas que absorviam as notas do pianinho, misturando-as a seus passados. Foi então que, a pedido de uma freguesa de belo rosto e cabelos grisalhos, o pianista, cigarro pendurado no lábio, correu várias escalas pelo teclado e depois, sorrindo, tendo consciência de que aquela recordação andava por quase toda a sala, deu ênfase a "Laura", com arranjos seus.

— Mas esta é a "Laura"! Mamãe disse que é a música de nossa tia Elvira... Antes de brigarem, ela vivia tocando... o disco ficou até lá em casa...

— Quieta. Aqui não se fala assim alto... Vamos embora. Está lúgubre.

Carminho entusiasmava-se:

— Eu achava "Laura" horrível. Mas, assim, como ele toca...

— Vamos sair... deslizando.

Saíram mais uma vez. Andaram à porta do 34. Uma mulher monumental, de echarpe de lantejoulas, pisava a calçada com cuidado para não sujar as sandálias de prata, fechando os pés grandalhões, rebrilhantes com suas meias prateadas. Acercou-se de Carminho e Sérgio em cordialidade e animação:

— Você trouxe as fotos, meu bem?

Sérgio observou Carminho com dureza.

— Não, eu não tenho visto o Almir...

— Ah! Mas entrem, entrem... O público tem estado muito simpático! Tenho de comprar dúzias de ligas. Esta de hoje é prateada, e vai ser duro perder. Eles guardam dizendo que dão sorte!

— Voltamos mais tarde. Vamos jantar ainda em casa de uns amigos — disse Sérgio, endireitando os óculos, depois contemplando Bruna com um sorriso torto.

---

* Ver a nota da p. 19.

Ela moveu a echarpe cintilante:

— Daqui a hora e meia o *strip*...

Voltaram ao carro, e Sérgio Silva desabafou:

— Francamente! Pensei que você tivesse melhores amizades. Não tenho preconceitos, mas não cheguei a ponto de vir a ser amigo de...

Eis Sérgio. Ficou nas reticências, trancando a boca.

Rondaram por boates e mais boates.

— Cheio de bisão — disse Sérgio.

— Que é isso?

— Um boi selvagem, grosso e peludo.

— Você acha que os mais moços são todos grossos?

— Mais ou menos. Mas vamos descer nesta.

Os "bisões" haviam tomado de assalto a Bossa. A muito custo encontraram certa mesinha, lá ao fim do corredor, com o apoio do dono, que confessava ao ouvido de Sérgio, para poder ser entendido:

— Eles invadiram tudo... E não tomam nunca uísque — disse também gemendo.

Aqui a música *beat* era delirante. Uma colega de colégio veio buscar Carminho. Sérgio a viu, de repente, na sarabanda dos mais jovens, o perfil doce, os cabelos partidos do lado caindo sobre o rosto e voando, ao compasso da música, a curva das cadeiras apenas prenunciada, o companheirismo gracioso, a pureza da dança solta, incontaminada e eloquente em si mesma. A música gemendo, gritando, expressando revoltas, anseios, até alegria de viver.

Voltou trazendo o rosto lavado de suor. E sua última porção de maquilagem, ela a desfizera, com um súbito passar de lenço:

— Que calor! Tomei uma cuba-libre...

— Vamos embora! — Sérgio gritava para cobrir as estridências.

— Ora, aqui está bom! — gritou Carminho.

Estava. Sentira-se melhor, sentira-se uma igual no meio dos mais moços. Era como alguém que esquece, por momentos, a doença grave. Aquela música exasperante, turbulenta, a entontecia, quase curando suas aflições.

— Vamos à Barcaça — disse Sérgio, peremptório.

Deixaram o carro, atravessaram a praça Serzedelo Correia. A boate era uma estufa, pela falta de ar-condicionado. Havia uma grande mesa com candelabros acesos; o morno vento vindo do mar, através das janelas abertas, fazia dançar as velas. Um cronista social reunia amigos para grande comemoração. À mesa, sentavam-se dois ministros de Estado, três presidentes de companhias, e Sérgio enumerava nela as senhoras mais elegantes da cidade. Uma entre quatro mostrava o belo rosto lívido, enquanto sorria com infinita coragem e persistência para a conversa do presidente da empresa, a seu lado.

— Ela está muito doente, com hepatite; devia estar de cama. — Sérgio continuava: — Assim como há *a arte pela arte*, existe uma espécie de *society pelo society.* Caberá em meu artigo... Ela é, a seu modo, *a heroína da inutilidade.*

O medo já afastado voltou ali mesmo, novamente, sobre Carminho. Teria sido ela a pedir para sair, se palmas muito bem dosadas não partissem da grande mesa e alguém deslizasse para tomar o microfone:

— Mas é o Zeca! Que sucesso! Nunca pensei!

Quatro rapazes da orquestra vieram ao redor, admirativos, com entusiasmo novo, quase eufóricos.

Cantou o Zeca e parou, a um dado momento, para que a ilustre mesa entoasse três ou quatro palavrinhas de sua canção. Houve muitos pedidos de bis. Simpático, ele falava para os mais velhos, aos que haviam chegado ao topo de suas carreiras, de igual para igual. Concedia igualar-se aos *velhos* com generosidade. Por fim, cansou-se, disse que se despedia, pois iria voar no dia seguinte para Curitiba. Passou pela mesa de Sérgio Silva; ele o apresentou a Carminho. Estiveram conversando coisas fáceis: "Como foi que você se inspirou para fazer a música etc.?...". E de súbito o moço, cansado, escravo da popularidade, vendo que as danças recomeçavam, convidou Carminho. Distanciaram-se, e de repente tudo que representava o temor disfarçado tornou a desaparecer. Era a glória, dançar com o Zeca. Pois não tinha todos os seus discos? Sua voz não a acompanhava até pelas madrugadas nervosas, na sua solidão de moça? Era uma gloriosa aventura, finalmente, passar a mão pelo dorso do rapaz, vê-lo emergir de seus retratos, vivo e terno, animar-se, apertar-lhe os dedos, conhecer melhor seu colorido de pele, a doçura no encostar o corpo como que descansando na dança, unido em ternura e paz com a companheirinha ocasional.

Sérgio Silva viu Carminho de longe e então teve a exata medida do que representava: bonita, desejável, ainda mesmo em confronto com o mundo mais alto e refinado. Teria de decidir-se a casar, se quisesse participar um dia da grande mesa dos cem privilegiados do Rio. O ser avulso para ele já estava começando a tornar-se desvantagem. Pensaria numa menina... assim como Carminho, mas não *nesta* Carminho. Terminava o uísque, quando lá na saída, afanoso e opresso pela solicitação de três ou quatro amigos, o escritor José Bioncello lhe fez sinal e, por fim, se desgarrou dos companheiros, que partiram rápidos.

Carminho voltava da dança.

— Depois de Curitiba nós nos encontramos... — disse Zeca, encerrando a despedida.

Ela já se sentava, e Bioncello abraçou Sérgio:

— Mas você por aqui? Eu vou correndo para a televisão...

— Aconteceu alguma coisa?

O escritor, apressado, mas muito comovido, respondeu passando a mão pela testa, os olhos meio desvairados girando na sala à procura de eventuais colegas a quem deveria avisar:

— Desabou um prédio na travessa Júlia... A terra amoleceu com tanta chuva. Uma pedra enorme se deslocou do barranco... — O escritor continuava: — Já avisei aos ministros. Vão fazer tudo discretamente, encerrando a festa; mas isto vai fechar também daqui a pouco...

Sérgio tentava levar Bioncello para longe da mesa. Ele não entendia, acreditava estar sendo bajulado, abraçado em pura cordialidade. Por fim, a dois passos além da mesa, concluiu:

— Parece que quase todos que estavam em casa... — Sérgio o empurrou com rudeza, e o final veio fraco, mas perfeitamente audível para Carminho — morreram.

Arrastado fora o escritor para junto da porta de saída. Sérgio, finalmente, dizia-lhe qualquer coisa que ele retinha com indizível perturbação. Lá da grande mesa o cronista social bem se juntou aos dois. Chegavam outras pessoas, umas da rua, outras da extremidade do salão. Carminho nem virava a cabeça para aquela reunião em ritmo nervoso. Não experimentava o choque. Ela soubera todo o tempo de coisas trágicas encobertas por sua teimosia durante a noite. Agira contra sua compreensão. O mal escondido veio à tona. Sérgio Silva voltou, a testa vincada, limpando afanosamente os óculos. E dizia:

— Houve um desbarrancamento num prédio perto do seu...

— Eu ouvi. Quero ir para casa. — As palavras eram suas, mas Carminho sabia que nada queriam dizer. Continuou, porém, formando frases: — Quero ir, mamãe deve estar assustada.

Os óculos de ganhar tempo voltaram a brilhar em Sérgio. Debruçou-se:

— Carminho, querida. Você vem para minha casa, depois vai. Sabe como é, confusão, um horror de gente... polícia impedindo que se chegue perto...

Passou-lhe o braço em torno do frágil corpo, fê-la levantar-se. Ela caminhou sustida por Sérgio até a porta. Lá fora, subitamente, desatara um vento quase frio que irritava a vista. Sérgio continuava a prendê-la no braço. Mas Carminho já tinha forças:

— Eu não vou para sua casa. Mamãe precisa de mim.

Dito isso, desprendeu-se dele com gravidade e firmeza:

— Volto sozinha. Não é tão longe.

Ele a possuíra — havia passado apenas um dia —, e aquela menina — por que má sorte escolhera tal ocasião?

— parecia-lhe agora uma inabordável mulher. Contudo, sua piedade era quase insuportável:

— Você tem de ir para o meu... — quis forçar a impossível intimidade do instante — para o nosso apartamento...

Ela não respondeu. Com passos rápidos, ia caminhando na direção de sua casa, pela praça deserta.

— Carminho!

Recuperando as energias, ela andava mais e mais depressa. Sérgio a atingiu; ela tentou forçar a passagem. Então, sem saber como, guiado por seu instinto de homem, a enlaçou e, enquanto a moça se debatia, ele a beijou na testa, na face, nos cabelos.

— Se você não quer ir para... o apartamento, tem de ouvir agora...

Ela não se debatia, mas a fraca luz noturna a mostrava pálida e dura a olhar franzido:

— Diga o que quer dizer, mas já, pois tenho de voltar para casa. — Palavras falsas, que tentava endereçar à própria certeza.

— Querida — disse Sérgio. E não conseguia ir adiante.

— Você quer dizer: foi a *minha* casa?

Ele tentou o turbilhão de beijos, mas Carminho continuava fria, odienta.

— Prepare-se, minha querida, ainda não sabemos. Deus nos livre, mas pode ter sido, mesmo, a *sua* casa... Só lhe peço um favor. Deixe que a leve em meu carro... Será mais fácil passar.

Ela aceitou sem mover a cabeça. Em poucos instantes chegavam à rua Toneleros. A multidão era contida por policiais que não permitiam a passagem. Sérgio desceu do carro, falou ao polícia que se via ao centro do cordão de isolamento. Conversaram por segundos. Em seguida, ouviram-se vozes: "É também moradora do edifício...". Alguns abriam caminho, as faces piedosas observando a moça; outros a inquiriam quase como se a devorassem; havia os que, dando passagem, resmungavam sobre o aperto, e determinada senhora — era

Malva — gritou: "Carminho!". Entre as duas, a moça e a amiga de Valentina, meia dúzia de pessoas a se moverem aos empurrões e gritos. Sérgio enfrentou a fúria da curiosidade e a onda piedosa e de medo. Conseguiu abrir passagem até Malva. Ela arfava, um lenço sobre os olhos, a boca torta, marmotando:

— Que desgraça!

As testemunhas da aflição estavam ali, rentes. Elas a vigiavam, pois tinham casa e segurança, e ver casas por terra significava, no meio de tantas desgraças acontecidas, um privilégio a pôr em relevo. O encontro da mocinha e da velha amiga foi o centro de alguns olhos vorazes, entre outros cem abismados de dor.

— Sua tia... sua tia Elvira estava lá também...

Agora, a tímida, aquele nadinha de pessoa, tomava alento. Conseguia alçar-se ao ouvido da moça:

— Só existe uma consolação... Sua mãe tinha uma doença... sem cura.

A onda de curiosidade as separou. Sérgio conseguiu agarrar Carminho. Um guarda levantou o cordão de isolamento. À distância de umas seis casas, as ruínas do que fora o edifício de apartamentos. Pedras, tábuas, tijolos, móveis revolvidos, vigas inteiras sob a luz ofuscante de grandes refletores. Um bombeiro gritou, no auge do nervosismo:

— Ninguém mais pode passar!

Carminho atravessou a rua, tomou a calçada defronte à que fora a sua casa. Voltou-se para aquele montão de restos de coisas; ouvia o choro forte de uma criança. Dois bombeiros arrastavam, debaixo de uma parede, uma jovem — estaria desmaiada, ou?... Estava do outro lado, passara pela calçada de três edifícios, agora vazios. Sérgio a segurava no braço esquerdo com tamanha força que doía. Então, veio a varandinha da última casa de vila da rua, aquela cuja dona questionara por anos e anos com os incorporadores do terreno constituído pela compra de todas as outras casinholas. Os irmãos estavam lá. Sérgio a libertou, e eles a acolheram entre beijos e pranto.

23
Manhã de março

Geraldo e Aloísio haviam acorrido logo às primeiras notícias sobre o desabamento da travessa Júlia. Geraldo ouvira um estrondo longínquo, depois notara a inquietação pelas ruas. Abrindo o rádio, tivera a certeza. Despertara o irmão. Chegaram ao edifício de onde ainda escapavam sobreviventes, quando as primeiras pessoas procuravam salvar os que podiam ainda vir a ser liberados de algum obstáculo, e eles ali, desatinados, cuidando identificar a voz da mãe num chamado distante. O gás cheirava forte; ouviam-se gemidos mais e mais fracos. Logo em seguida vieram os bombeiros, eles se viram afastados, a rua foi cercada pela polícia, avolumou-se o povo. Começavam a afluir de todos os pontos parentes que discutiam as medidas tomadas para o salvamento, entre protestos e súplicas. Ambulâncias vinham e aportavam com o oxigênio. Tentava-se recuperar uma criança que chorava fraquinho através de tábuas por onde se imiscuíam os canos com o ar renovador, capaz de enfrentar aquela espessa fuga de gás em vários canos furados na queda do edifício.

Os irmãos, logo que chegaram os bombeiros, foram expulsos como muitas outras pessoas que ansiavam por socorrer, já estonteadas pelo gás, mas que imediatamente se viram postas lá para fora, pois indizível nervosismo contaminava os bombeiros. Geraldo jamais se esqueceria de um homem que conseguira recolher, subindo acima dos destroços, quem ele imaginava ser uma criancinha salva por milagre, deslizando com ela por sobre o montão de ruínas. Recolhera tão somente um pobre corpinho esmagado, envolvido agora em panos, mas que trouxera de maneira tão estranha como se receasse ainda fazer sofrer aquele bebê esmagado no sono. Trazia com piedade, pisando com cuidado e com o sentimento quase religioso de não machucar a criancinha já tão ferida.

Agora, os três irmãos estavam diante do terracinho da senhora "litigante", que, no entanto, mostrava por eles um carinho todo especial. Era uma velha conhecida de vista; vestia-se exoticamente, mas cuja relação se estreitara só naquele instante.

A maioria dos parentes esperava do outro lado da rua, entre aflições, esperanças desvairadas e até rivalidades tristíssimas diante de despojos, num ajuntamento contido a alguma distância. Os filhos de Valentina estavam ali, naquele terracinho, olhando, esperando.

Logo que Carminho chegou e eles a abraçaram, Geraldo se desvencilhou e disse quase severo para Sérgio:

— Ela está aqui, está bem; pode ir.

Sérgio, bastante contrafeito, encostou-se a uma coluna do terracinho; parecia não querer arredar de junto.

Geraldo sentia flutuar entre ambos aquele capote de chuva, no encosto do carro de Sérgio:

— Muito obrigado pelo que fez; pode ir, já disse.

Sérgio nem sequer se despediu de Carminho. Voltava-lhe ela o rosto. A dona da casa vinha com uma antiga cadeira de vime, fazia a moça sentar-se.

— Senta, meu bem. Vai ter uma espera longa.

Carminho sentava-se, e ao lado, no chão, os pés sobre o degrau da escadinha, estavam Aloísio e Geraldo. Aloísio debruçou-se, Carminho viu-lhe a cabeça suja de poeira branca; Geraldo também trazia marcas de terra e pó de cimento. Estavam ambos sujos, miseráveis; pendiam-lhes para o chão os cabelos revoltos.

Foi então que, assim mesmo como estava, encurvado, Aloísio, que remexera no bolso, começou a rezar. Rezava o terço, baixinho, mas, para Geraldo, a prece não escapou:

— Você quer acabar com isto? Está tornando pior as coisas.

Carminho, que parecia tão desarvorada e aparentemente distraída, respondeu, alto e severamente:

— Eu não rezo porque não posso. Alguém tem de rezar. Deixe o Aloísio rezar por nós.

Aloísio não havia interrompido. Continuava seu terço. Mas Geraldo respondeu à irmã:

— Reza quer dizer... pedir alguma coisa. É bom que a gente não tenha... demasiada esperança.

Carminho buliu na poltrona de vime:

— Pode ser que ele esteja até rezando por nós três.

Aloísio continuava seu terço; a senhora veio lá de dentro trazendo um cafezinho. Era a rainha de um mundo desfeito, em ruínas, o qual desafiava. Primeiro, as pequenas casas da vila, à medida que a incorporadora ia comprando os terrenos, foram caindo umas após outras; quinze casinhas destruídas, e o terreno bem limpo à espera de que a grande companhia engolisse aquela sua construção dos anos trinta. "Para que quero eu dinheiro? Já me ofereceram milhões. Não tenho filhos nem marido. Só quero esta minha casa. A gente da incorporadora que se dane, que eu não saio daqui."

A pequena megera — que desafiava toda uma organização —, no entanto, era doce e boa para com aqueles filhos de Valentina, que estava presa às paredes do grande edifício, um igual talvez ao que teria sido levantado no lugar onde estava a sua casinhola se ela não resistisse aos oferecimentos mais generosos e até mesmo às ameaças mais ferozes.

Terminava Aloísio o terço. Carminho, mais lépida pelo café, disse:

— A Malva me encontrou na entrada da rua. Ela disse que mamãe tem... uma doença incurável e que nossa tia está lá com ela.

Geraldo lembrou-se da alegria de Valentina, uma alegria desatinada. Todos se recordaram de que, havia muito tempo, desdenhavam daquilo que a mãe lhes dizia ser a *sua doença*. Teria sido falta de atenção ou vontade de não aceitar uma verdade sempre terrível para um filho? Carminho relembrou mais particularmente a última noite, e, de súbito, começaram os três a ouvir gritos, lamentos, protestos. Chegavam máquinas altíssimas para desentulhar, abrir caminho no meio daquelas ruínas por onde dificilmente podiam andar os bombeiros. Ouviam-se ameaças. Os policiais carregaram um homem em fúria. Parentes receavam que as máquinas pudessem triturar as suas criaturas que deveriam ainda estar vivas. Houve pequena guerra quase alucinada entre o grupo dos que esperavam e os homens trazendo as poderosas máquinas capazes de resolver o problema que os bombeiros não conseguiam solucionar senão lentamente: abrir tudo, recolher todos os que ainda estavam ali murados.

Postaram duas enormes máquinas, com suas escavadeiras. Subiam no ar as grandes pás recolhendo montões de tijolos e despojos às vezes sangrentos, e havia um ruído dilacerante, rangente, como um uivo nas máquinas gigantescas.

Carminho levantou-se da cadeira. Em cima de uma das pás se agitava molemente uma ensanguentada perna de homem.

— Se você gritar, seremos expulsos daqui — disse Geraldo. Depois, voltou-se com ódio quase para o irmão: — Eu não sei o que mais deva sofrer este povo para compreender, afinal.

Aloísio o encarou, sereno:

— Para compreender que existe a morte? É isso que você quer dizer?

— Você é um retardado no tempo. Acha ainda que tudo vem do céu. — Geraldo, não podendo gritar, zangava-se com o irmão. Continuava: — É mais atrasado do que aquela "fanática" que você arranjou.

Carminho sentia aflitiva dor na discussão diante dela. As horas iam passando, as ambulâncias recolhiam os mortos.

Uma jovem saudada com alegria — que milagre! — foi levada, soluçando, seu choro se ouvia de longe. Deveria estar terrivelmente machucada. Os fotógrafos formando grupos, investindo, indo e voltando, às turras com os bombeiros.

As horas corriam. E, de súbito, houve um sinal de claridade; o dia estava nascendo. Aloísio foi saber por que haviam parado as máquinas. Alguém informou: "O pessoal está que não se aguenta. Vai ser substituído".

— Quando? — perguntou.

— Ah, isso, só depois das oito.

Quando Aloísio voltou com a resposta, não acrescentou a última informação: "Eles estão convencidos de que não existe mais ninguém com vida. Quem não morreu no abalo, não escapou do gás, no abafamento".

As máquinas imóveis, negras, se desenhavam contra o céu sanguíneo da madrugada. Aloísio propôs, principalmente para poupar Carminho:

— Parece que vai demorar muito ainda. Nosso tio Domingos chega daqui a pouco. A gente tem de avisar. Ele não pode chegar e ter a notícia por aí...

*

A dona da casa, que havia dormido umas horas, despertou e voltou para junto de seus "hóspedes" no terracinho. Aloísio argumentava com os irmãos. Deveriam, por ora, sair dali. Quando rezara, não tinha a menor dúvida: sua mãe e sua tia já haviam morrido. Chegava mesmo a desejar, pelo menos por Carminho, estivessem ausentes os três no momento em que as duas fossem expostas, trazidas de dentro daquela massa do edifício desabado, à luz da curiosidade pública. Era demais para um filho, particularmente para quem havia sofrido tanto nas últimas horas. E, pensando assim, não podia adivinhar que talvez seus irmãos tivessem tido horas tão dolorosas ou mais do que ele.

A dona da casa pediu que subissem, tomassem banho, se quisessem, e se arrumassem; a sua casa ela não dava por dinheiro, mas de graça... "para todo mundo que precisar" — até mesmo para vocês, enquanto não resolverem seus problemas.

O tempo de lavar o rosto escaldante, mergulhar a cabeça na água fria, dissipar um pouco as pisadas olheiras da noite insone e partir em atordoamento à espera de Domingos. Agora tudo era diferente. Não era mais uma espera, era quase o pretexto para que pudessem deixar aquele posto de observação, o mais doloroso que qualquer filho jamais poderia ter. A senhora ali ficava avisada. Do aeroporto telefonariam.

*

De repente, na manhãzinha de Almir, a cabeça começou a doer. O solo em que a repousava seria uma pedra? Almir acordou. Dormira, mais uma vez, em lugar incerto e não sabido. Em que bar, em que boate, em que diabo de mesa estaria dormindo? Esteve alguns instantes naquele limbo do julgamento em que as coisas nos olham gravemente e nos estranham. As paredes estranhavam, indagavam, ele perguntava o que vinha a ser aquela mesa particularmente solene e até separada do resto da peça por um gentil cordão tão cerimonioso, que decerto deveria ter pulado.

Desgraçados os homens não fiéis às suas camas! Diabos dos que nunca têm segurança sobre se estarão dormindo na cadeia ou na casa dos outros.

— Porcaria!

Viu, com os primeiros raios de luz a entrarem pela janela, um monte de páginas escritas em folhas de bloco. Aquilo o fez fundir-se com o eu anterior.

— Miséria! Até em cima da mesa do velho Getúlio eu tinha de dormir!

Num relâmpago, lhe veio o sortilégio da noite passada. Descobrira um filão de ouro. Ali estava a sensacional reportagem, aquela que ia fazer chorar e tremer o povo brasileiro. Quem sabe se não reabriria inquéritos esquecidos? Foi esse o primeiro tempo de Almir, acordando sobre a mesa do presidente. O segundo foi juntar os papéis, passar a vista, ler meia dúzia de linhas e em seguida, furiosamente, dizer um nome feio.

— A gente tem tudo: a inspiração, o lugar, a hora, pensa que escreve uma maravilha e vai ver sai uma...

Engoliu o palavrão, fez uma bola de papel, meteu-a no bolso, resolveu escapulir dali sem que os empregados vissem. "Sabe-se lá se não vai dar bode essa história de gente passar a noite no Museu da República?"

Desceu a portentosa escada, reviu quase bobos e talvez até engraçados os espetaculares, anteriores anjos maus, isto é, os candelabros da escadaria. Pensou ser difícil sair, mas achou depressa a porta, que abria pelo lado de dentro, simplesmente, sem chave. "Essa foi boa!" Viu-se maravilhado da facilidade de sua sortida, na quase manhã que começava a tomar corpo. Pegou o carro mais adiante, mas, então, o tempo andara depressa, pois, no procurar o automóvel, também fizera alguma confusão sobre o ponto em que o deixara. Quando, por fim, assentou-se nele e deu a saída, ligou também, no movimento costumeiro de gente que anda sempre atrás de notícias e vivendo delas, o rádio do Volkswagen. Acabava um programa de horóscopos. Para seu signo, o escorpião, o dia continha a promessa de "encontro decisivo com uma pessoa amada", o que lhe deu algum ânimo e em parte dissipou as amarguras do despertar. Depois, veio a crônica de uma viajante, andando por lonjuras da Suíça, falando em lagos, em Lugano — vejam só —, em belezas para sempre impossíveis; "e eu com isso?", pensava. "E o Brasil todo com esses passeios, que interessa?" Terminada a crônica, o rádio deu as primeiras notícias do dia: "Prosseguem desde as últimas horas da noite de ontem os trabalhos de limpeza das ruínas do edifício da travessa Júlia. Conforme este noticiário informou..." (Almir quase deixava o carro ir de encontro à calçada) "... muito poucos foram os sobreviventes. Calcula-se em mais de cem as pessoas que ficaram sob os escombros do edifício. As grandes escavadeiras recolheram, de roldão, móveis, vestuários, e, entre escombros, vez por outra vêm à luz do dia corpos de moradores colhidos em pleno sono".

Meu Deus! Tudo acabara. Ele por ali, querendo fazer qualquer coisa de grande! O dez-réis que nunca chegaria a vintém teimando naquele absurdo de vir a ser repórter! Por que não fora para junto dela? Por que não gritara: "Eu te amo! Sou uma besta, mas te amo! Não valho nada, mas te amo! Nem para ser teu cachorro eu sirvo, mas te amo! Te amo!"?

Ele atravessava miraculosamente sinais fechados, e seu carro, amassado como um sapato velho, se dirigia à travessa Júlia. Meu Deus, ele teria que ver a sua queridinha, tão bem--feitinha por Nosso Senhor, transformada numa coisa que as pás recolheriam como se fosse direito gente ser tirada do chão, feito escombro de casa? O carro avançava, ele pensava que tudo nele nesses últimos tempos havia sido um só amor; que era um sujeito tão infeliz e tão errado, que se julgara tão coisa nenhuma, que nunca dissera uma palavra à moça. Se tivesse dito, pelo menos tinha agora essa consolação.

O carro andava, as ideias andavam, ele achava que fora castigado. Afinal, só pensava em encharcar-se todos os dias. Pois ele jurava pela sua vista, a única coisa boa que a gente tem e a coisa melhor que um fotógrafo pode ter — por que vista e objetiva não são a mesma coisa? —, ele jurava por seus dois olhos que se Carminho vivesse, se ele pudesse falar com ela, nunca mais, mas nunca mais, beberia nada que tivesse uma gota de álcool. Aquela mãe dos outros bem que lhe quisera dar seu aviso. Na vida de nós todos tem sempre alguém que diz a palavra certa, mas agora, se Carminho morresse, a quem entregar — meu Deus! — esta vontade de ser homem de bem? A quem dar esse desejo de vir a ser alguém na vida, ser chamado de "senhor", por que não? Ter direito a ter mulher e casa? Ser chefe de família? As ideias tristíssimas progrediam com o Volkswagen amassado. Ele chegou à Toneleros. A essa hora, as grandes máquinas ainda estavam silenciosas. Sentavam--se pelas casas vizinhas, na calçada, bandos de familiares, pessoas insones encostadas umas às outras, lívidas, sob a luz da manhã. E, lá no lugar da casa de Carminho, aquele rombo enorme, montão de escombros, as paredes laceradas, móveis rebentados, vigas retorcidas como esqueletos partidos.

Retomava a outra calçada, perdido, tão distante daquele Almir que dois dias atrás, com sua namorada, sua maquininha, saía por aí, alto e feliz, fazendo fotografias. Ele caminhou um pouco mais, chegou perto da casa da vila. Então viu dois moços muito abatidos, transtornados, saindo de lá. Achou-os parecidos com os irmãos de Carminho. Meu Deus do céu! Ele estaria louco? Em seguida, atrás deles, muito miudinha, arrastando os passos, mas quietinha, séria, sem chorar nem dizer nada, lá vinha Carminho — ele jurava, era Carminho, sim, não havia dúvida. Correu em sua direção e fez uma coisa não muito boa — pois homem não deve fazer isso. Atirou-se, mesmo, chorando, aos pés da moça. Chorava e dizia:

— Deus é o maior! Deus é o maior! Viva!

Carminho pareceu não o reconhecer. Assustada, voltou-se, correu, foi refugiar-se na varandinha e, encontrando aberta a porta, aprofundou-se pela casa. Vinha-lhe um terror monstruoso, quase anormal. Quando viu que o rapaz a seguia, subiu a escada, fechou-se no banheiro, o coração aos pulos, as ideias em desordem.

A dona da casa, que assistira em parte à cena, disse a Almir:

— Não force conversa com ela. Pode ficar perturbada...

Os irmãos voltaram.

— Mas eu sou o Almir — disse-lhes. Virava-se, inflamado: — Quero dizer que meu quarto, tudo que tenho é de vocês... que ela — enxugava os olhos com o canto da mão — estando viva, não quero mais... outra coisa... Peço perdão se assustei.

— Quando Carminho estiver mais calma... você vai ser avisado. Agradecemos muito — disse Aloísio. Nele, Aloísio sentia seu próprio amor tão machucado.

A senhora bateu à porta do banheiro:

— Meu bem, sou eu.

Carminho abriu.

— Por que você fugiu... de seu namorado? Seus irmãos disseram...

A moça parecia agora calma e consciente:

— Mas eu não conheci. Está tão mudado, tão esquisito... Foi embora?

— Já.

— Sabe? — disse Carminho gravemente para a senhora. — Eu gostei muito de meu namorado. Mas aquele não parecia o Almir... Não parecia nada. Eu nem conheci.

Os irmãos, inquietos, a esperavam. Carminho desceu, uniu-se a eles. E com um resto de terror fitou a rua onde os últimos seres, ainda com esperança, se agrupavam lá no fim, parados, soturnos, eternos em sua persistência. Estavam feios e lívidos — um rebanho de doentes. Carminho, Geraldo e Aloísio atravessaram o espaço guardado pelas longas máquinas. Sol nascendo, vento do mar, nada moveria as figuras daqueles tristes náufragos vindos da noite de verão da travessa Júlia. Os irmãos não voltaram as cabeças. Passaram.

*

E agora estavam ali os três naquele banco. Cansados, largados, dormitando e esperando Domingos por entre avisos de chegada dos aviões, derrames de palavras, às vezes ininteligíveis, dos alto-falantes. Uns últimos empregados lavavam o chão, viajantes compravam os primeiros jornais e comentavam mais "este horror de verão". Eu os via lá de cima da escada: Geraldo, Aloísio, Carminho. Eram muito parecidos. E os mesmos cabelos grossos de Aloísio e Carminho se misturavam no encosto do banco. Então veio o aviso que só Geraldo, menos derrubado pelo cansaço, ouviu: o avião estava retido em São Paulo. Havia uma demora de duas horas...

Carminho e Aloísio repousavam, as cabeças sempre unidas. Geraldo levantou-se. Vi-o procurar um dos telefones. Minutos depois, com passo rápido, dirigiu-se ao balcão da companhia pela qual deveria chegar Domingos. Apesar da distância, afirmo que ouvi minha personagem dizer:

— Quero deixar um aviso para um viajante. — Deu o nome de Domingos. — Quando vier, é favor dar este recado. Seus sobrinhos vão encontrá-lo no hotel. — E escreveu o endereço. Dirigiu-se aos irmãos: — Acordem, elas... elas já foram encontradas.

Meio embrutecidos, Carminho e Aloísio ouviam Geraldo:

— Telefonei para a senhora... Disse que foi como se as duas estivessem dormindo. Estavam abraçadas e vieram perfeitas, guardadas dentro de um lado da cama e da porta do armário...

Aloísio e Carminho se puseram de pé. A cabeça deles, emperrada, captava a verdade com menos dor. Os três tomaram um táxi. O vento do percurso fez mais ativos Aloísio e Carminho.

— Nós vamos ver... nossa mãe e nossa tia agora? — ele perguntou, ao sopro vivo da manhã.

— Vamos.

Dentro em breve o automóvel passava pelo morro da Viúva. O mar vinha rente, festivo, manso, azul de doer na vista e de mesclar-se ao céu. Demoraram um pouco a marcha para discutir qualquer coisa com o chofer. Carminho, fora da conversa, reparou numa estranha embarcação: rotunda, de vela única e na qual — o carro passava bem junto — estava uma família. Havia uma senhora de trajes mais antigos, um senhor de cabelos retos e negros e duas menininhas enfeitadas com peles: pareciam fantasiadas para o Carnaval. Divertiam-se, dançavam e diziam alegres adeuses aos passantes. Com quem se pareciam, mesmo, aquelas duas crianças? Ah, com um retrato muito velho, meio desbotado, da mãe e da tia quando eram pequeninas, em pose, ao lado da avó e do tio-avô. Sim, pareciam muito. Só ela pudera ver a nau dos mortos. Mas como poderia saber? Carminho nada contou aos irmãos sobre o festivo encontro que se esfumava agora, para trás. Reparou nele, e foi só.

Estava eu sozinha ali para receber Domingos. Rememorava cada acontecimento, procurando reter gestos e imagens a serem transmitidos. Os relógios do Santos Dumont moviam os ponteiros. Baqueei quase de emoção quando veio o segundo aviso da chegada, pois o primeiro eu não o compreendera. Desci, vendo no grande saguão os matizes das faces de minha bem-amada gente brasileira. Espalhava-se pelos bancos, variando infinitamente e sempre a mesma; meninos puxados para junto, os invariáveis atrasados no esbofamento e na discussão da última hora. Quando procurei o portão dos recém-vindos, entrava em triunfo uma estrela italiana que acabava de fazer um voo turístico sobre a Guanabara. Vinha meio desbotada de calor, e seu chapéu de palhas e flores bem lhe conferia uma aristocracia de brinquedo. Os fotógrafos meteram-se em meu caminho, fuzilaram seus flashes. "Incantevole", *repetia a estrela, atirando beijos e, premida por um repórter:* "Io non parlo spagnuolo". *A sarabanda durou tempo suficiente para que outros viajantes de mim fossem separados. Meu Deus! Também eu — que absurdo imprevisto! — iria perder o encontro com Domingos? A pequena orgia se desfez. Um fotógrafo, referindo-se à artista, disse bem alto: "É muito mais velha do que eu pensava!".*

Agora, havia pouca gente retirando suas malas. Uma senhora de cor, muito bem-posta, apresentava sua caderneta*

* No Brasil e em outras sociedades marcadas pelo passado escravista, uma forma de descrever o pertencimento racial de pessoas negras é utilizando a expressão "pessoa de cor". Esse termo perpetua a ideia de que a branquitude é a norma, o padrão, e os demais pertencimentos raciais é que precisam ser descritos, por divergirem da norma. O correto é utilizar a palavra "negro", que, no Brasil, é a maneira como os diferentes movimentos negros consideram a mais adequada para caracterizar a negritude como pertencimento racial.

com um endereço a um eventual companheiro de avião, de costas ainda para mim. Eu o reconheci assim mesmo. Deixei que desse as explicações à senhora, que vinha buscar uma neta. Conheci-o porque, como meu coração antecipara, bem se assemelhava a nosso pai até nos ombros. Vestia-se como ele, com um quase desalinho pudico e digno. Chamou o carregador, encaminhou a velhinha. Só então me apresentei:

— Vim em lugar de seus sobrinhos... Peço-lhe que me ouça.

Quis tomar-lhe a pequena bagagem para que esse homem já idoso pudesse subir a escada. Ele resistiu, subimos juntos. Falava a Domingos e morria de saudades de nosso pai. Os olhos, até os olhos se pareciam, agudos mas bondosos, as pestaninhas crespas; o rosto tinha aquele tom róseo dos tempos de saúde do pai que perdemos. Então, pegando-lhe os dedos quase frios, mas sem tremores, contei tudo. Foi um turbilhão de imagens, um torvelinho, e eu ali, movendo os lábios, naquele canto do salão do andar de cima, onde agora só nós dois estávamos. Quando terminei de contar, enxuguei os olhos. Domingos estava sério, recolhido, profundo, mas sempre doce:

— Por que está chorando?

— Sua cunhada e a pobre da Elvira... esses moços por aí, tão infelizes...

Domingos me fitou com uma bondade que só recolhi na infância, nos olhos dos mais velhos, os que me atendiam, me socorriam e me ensinavam também:

— Valentina e Elvira se amavam muito — disse —, eu sempre soube. O que havia de mau em suas vidas... acabou. Ficou só a reconciliação. E os moços, compreenda bem e não os lastime mais: Geraldo virá a ser um homem de consciência... Ele ainda vacila muito, não a tem. Aloísio, um homem de verdadeira fé. — Quase sorriu. — "És morno, eu te vomito", dizem as Escrituras. A menina da Igreja do Milênio tinha lá as suas razões...

— E Carminho?

— Esta deverá aprender a ser mulher. E virá a ser, esteja bem segura.

Perguntas cresciam em mim, umas atrás das outras, aos borbotões. Mas estava tão comovida que não conseguia articulá-las. Levantei-me, vim até o bordo da escada para tomar ar. Detrás de uma grossa coluna, brotava a figurinha desmaiada, metida num impermeável branco:

— É Laura — disse. — Pode ver... que é, está procurando alguém.

A moça olhou para nós; olhava para o alto, aflitamente.

— É um bom sinal. Adeus — disse Domingos.

Vi-o descer como se me despedisse de um pai recuperado através dos tempos. Embaixo, conversou com Laura, foi ao guichê da companhia. Em breve ele encontraria os sobrinhos — mas já então eu não estaria presente.

Eu descia os degraus, sem perdê-los de vista — Domingos e Laura. Passaram pela fila de criaturas a esperar condução, saíram para a luz do dia. Laura segurava-lhe o braço como eu, há pouco, fizera.

De súbito, sinto que me desgarro de tudo. O saguão do aeroporto; lá fora os aviões chegando e saindo, o mar da Guanabara, a glória da sua civilização, a doença das suas favelas. Sou como que sugada pelo azul, vou para longe, muito acima da cidade, que, ouvida do alto, através de seu movimento, faz como um furioso desesperado ranger de dentes.

Mais um pouco e avisto o grande pai feito em pedra, imóvel, distante de todo o rumor. Sou puxada pela luz. Agora, nem sei se vejo o céu ou se é o aberto mar que está à minha frente. Mas, na vastidão em que me perco, há um único ponto escuro: uma embarcação que se diria voasse, de tão leve, tendo dentro um homem e uma mulher e duas meninas começando, enfim, seu grande feriado.

Roma, 3 de março a 12 de julho de 1967.

Um mundo desfeito em ruínas

O convite para escrever algumas palavras sobre *Verão dos infiéis*, este romance de Dinah Silveira de Queiroz, foi seguido de uma enorme ansiedade, comum quando nos postamos diante de um grande nome da nossa literatura. A ansiedade logo se transformou num obstáculo quase intransponível: o que dizer sobre um livro escrito com tamanho intimismo? Como desvelar cada uma das camadas de uma história tão bem narrada? Por isso a escolha por um posfácio, e não um prefácio: eu não saberia apresentar este livro e acho mesmo que ele não necessita de apresentação. Trata-se de um romance que enseja uma conversa. Um romance que deve, antes de tudo, ser lido. Portanto, se você está lendo estas palavras, é porque chegou ao fim do livro. E, ao compartilhar algumas impressões sobre minha própria leitura, proponho um diálogo com você, leitora ou leitor, que também viveu esses três dias de um verão chuvoso na cidade do Rio de Janeiro.

*

Verão dos infiéis é um romance amarrado em duas tragédias: a primeira, já dada desde o início do enredo, é um suicídio cometido por um homem "delicado demais para viver num mundo de grosseria" que deixa mulher e filhos pequenos por criar. Valentina é essa mulher e mãe que precisa encontrar maneiras para enfrentar sua tragédia particular, um luto que nunca encontra lugar nem fim. Para isso, recorre às memórias de infância, em busca de um lugar idílico para obter a paz. E também ao uso da benzedrina, medicamento à base de anfetamina e popularmente utilizado para depressão.

A segunda tragédia, a que encerra o romance, não poderia ser mais metafórica: um desabamento, após chuvas intensas, que vitima Valentina e sua irmã, Elvira, produzindo uma paisagem de escombros e ruínas em meio a lama e corpos ensanguentados. Tudo o que acontece entre uma tragédia e outra se passa em três dias, em Copacabana, ao longo de quase duzentas páginas, em que somos pouco a pouco apresentados à família de Valentina.

Dinah Silveira de Queiroz constrói uma voz narrativa que tece a história em torno de um núcleo central de personagens que transitam pelas ruas da cidade. Além de Valentina, marcada pelo luto e pela crise em não corresponder às expectativas sociais da "boa mãe" que deve colocar o amor pelos filhos em primeiríssimo lugar, somos apresentados a Geraldo, o filho mais velho, um publicitário simpatizante de Marx e Engels; Carminho, a filha do meio, que lida com seus dramas pessoais que, geralmente, orbitam em torno dos conflitos decorrentes do destino socialmente imposto às mulheres de cumprirem o papel de esposa obediente ao marido; e Aloísio, o filho mais novo, muito religioso, marcado por uma busca espiritual e devotado ao catolicismo.

A caracterização das personagens e o enredo do romance, no entanto, não são construídos como um fim em si mesmo. Isto é, não se trata de uma história feita apenas para distrair ou a qual exige congraçamento. A meu ver, este livro é um exercício bastante criativo de uma trama que une a intimidade e a subjetividade das personagens a um contexto social e político muito mais amplo que é o Brasil dos primeiros anos da ditadura militar, que se estenderia pelas duas décadas seguintes. Nesse aspecto, ele se distingue do clássico romance sobre a ditadura, em que a violência do regime é tematizada por meio da perseguição e da tortura a grupos e sujeitos que resistiram e se opuseram ao estado de exceção.

Aqui, pelo contrário, somos inseridos no contexto pelo ponto de vista de uma família de classe média, que encara o monstro da História nem sempre de frente. É sabido, pela historiografia, que parte da população brasileira — sobretudo de classe média — passou pelos vinte e um anos de ditadura militar sem perceber os horrores do período ou dar atenção a eles. Como isso foi possível? A versão mais adequada dessa pergunta é: como se dá o encontro da vida cotidiana dos sujeitos com os grandes e amplos processos políticos da vida social? Afinal, qual a relação entre o indivíduo e a História?

O romance de Dinah é uma pista, um exercício literário para responder a uma pergunta filosófica e historiográfica. Ao longo do romance somos colocados diante de contradições do país, mas pelo filtro mediado dos dramas pessoais destas personagens da classe média carioca. Quais as dívidas que levaram o marido de Valentina ao suicídio? Por que Valentina não se considera uma mãe suficientemente boa, fazendo com que busque em seu passado, em sua "nau de mortos", a explicação para isso e um lugar de conforto? Por que Carminho é tão impactada, muitas vezes de forma negativa, pelo afeto que sente por Almir e Sérgio? Por que Aloísio é tão devotado à sua fé, mesmo quando ela parece insuficiente para ajudá-lo a passar pelas situações complexas da vida? Por que Geraldo admira tanto e repele tanto Santana, seu mestre marxista? Dinah possibilita, por meio do enredo que constrói, a elaboração de perguntas cuja busca por suas respostas só pode nos levar para fora das personagens, em direção a algo que é maior que elas próprias.

E aqui está a prova maior de versatilidade da escritora, que transforma o que escreve em mais que uma história bem costurada, com ritmo e cadência, mas também num experimento investigativo sobre o tempo e sobre as questões existenciais que colocam todos nós diante dos processos históricos que nos constituem.

*

A um aspecto em particular, eu gostaria de chamar a atenção. Ao longo do romance, vemos a caracterização de alguns personagens circunstanciais que são negros por meio de dispositivos de racialização. Nessas passagens, inserimos notas explicativas sobre os termos utilizados pela autora. Há uma razão pela escolha em manter os termos, por mais problemáticos que fossem, com notas de rodapé, e não simplesmente alterando por outros mais adequados ao nosso tempo.

Uma impressão geral é que o tom da narração está intimamente ligado ao universo social das personagens — isto é, uma família branca, de classe média, em Copacabana, assolada por uma tragédia incontornável. Nesse sentido, há na voz narrativa momentos de sutis ironias, na chave do "disfarce" ou da "dissimulação", que acabam acentuando o cariz até mesmo ideológico e limitado dessas personagens. Se esse é um recurso intencional ou não da autora importa pouco, porque é aí — nas fissuras, nas limitações — que o que realmente interessa se revela. Tudo acaba convergindo para a afirmação da posição social das personagens: uma posição de entremeios, como eu disse anteriormente. O fato de tudo se passar em meio a um dos mais tenebrosos períodos da nossa história acentua ainda mais essa leitura.

Em todas as passagens destacadas, o que mais chama atenção são as variadas formas de racialização das personagens: "mulata", "escurinha", "de cor". São termos diferentes que possuem como função narrativa evidenciar o pertencimento racial das personagens. Mas, como tudo isso ocorre num tempo e num espaço bastante específicos, é com os recursos desse tempo e desse espaço que a racialização ocorre. Seria atípico, no enredo criado por Dinah — e sobretudo com a voz narrativa que ela adotou —, que as expressões de racialização fossem diferentes. O uso da palavra "negro"/"negra", por exemplo, embora pudesse ser bastante verossímil já naquele momento, seria relativamente deslocado, por pressupor um grau de consciência racial que a experiência de classe das personagens possivelmente não permitiria a elas (e nem sequer estava difundido naquele momento histórico). Daí decorreria o enfraquecimento dos aspectos de "ironia" ou "dissimulação" da voz narrativa.

*

Um último comentário. *Verão dos infiéis* foi escrito em 1967 e publicado um ano depois. A autora o escreveu em Roma e, naquele ano, já era um nome conhecido da nossa literatura: seu primeiro romance, e o de maior sucesso, *Floradas na Serra*, fora publicado em 1939. Em 1953, a história chegou ao cinema pelo estúdio Vera Cruz, com Cacilda Becker e Jardel Filho. No ano seguinte, publicou *A muralha*, que também contaria com diversas adaptações para a televisão.

A reedição de *Verão dos infiéis* é importante por, ao menos, duas razões. A primeira porque este é um livro que expressa a enorme versatilidade de uma escritora que transitou por muitos gêneros, sendo pioneira na ficção científica, além de uma romancista e contista de enorme qualidade. Aqui fica evidenciado seu manejo com a palavra, ao construir personagens complexas e, por meio delas, nos levar a uma melhor compreensão de um tempo histórico.

Mas a reedição é pertinente, sobretudo, por revelar o peso das permanências na história brasileira. Lendo a história de Valentina, Geraldo, Carminho e Aloísio, não pude deixar de notar como ainda estamos expostos a problemas estruturais da nossa formação social e política: as expectativas sociais e os estereótipos que afetam a vida das mulheres, o impacto das decisões da alta política no nosso cotidiano, as mazelas que afligem a cidade do Rio de Janeiro, o papel da religião, a repressão policial a manifestações populares. Encarar o Brasil dos anos 1960 por meio da narração de Dinah e encarar o Brasil de hoje só pode nos causar consternação. Como diz Sérgio, um dos personagens em dado momento da narrativa, “o Brasil só tem dois partidos mesmo: o Exército, que está organizado até no meio da indiada brava, e a Igreja com sua organizaçãozinha supranacional, que vai até o Xingu e adjacências. O resto é besteira”.

Já no final do livro, uma das personagens é descrita como “rainha de um mundo desfeito, em ruínas, o qual desafiava”. O que nos resta é descobrir o que fazer diante de um mundo desfeito em ruínas. Ou como podemos reconstruir um novo mundo após as ruínas.

Rafael Domingos Oliveira é historiador e educador, mestre em História pela Universidade Federal de São Paulo e doutorando em História Social pela Universidade de São Paulo. Autor de artigos e capítulos de livros sobre escravidão, abolição e relações raciais nas Américas, foi coordenador do Núcleo de Educação do Museu Afro Brasil e professor da rede pública. É pesquisador do Núcleo de Estudos e Pesquisas da Afro-América (Nepafro) e coordena o Núcleo de Acervo e Pesquisa do Theatro Municipal de São Paulo. É autor de *Vozes afro-atlânticas: autobiografias e memórias da escravidão e da liberdade* (Elefante, 2022).

Sobre a autora

Dinah Silveira de Queiroz nasceu em 1911, na cidade de São Paulo, em uma família profundamente dedicada às letras: filha de Alarico Silveira, advogado, político e autor da *Enciclopédia Brasileira*; sobrinha de Valdomiro Silveira, um dos fundadores da literatura regional brasileira, e de Agenor Silveira, poeta e filólogo; irmã de Helena Silveira, contista, cronista e romancista, e do embaixador Alarico Silveira Junior; e prima do contista e teatrólogo Miroel Silveira, da novelista Isa Silveira Leal, do tradutor Breno Silveira, do poeta Cid Silveira e do editor Ênio Silveira.

Floradas na Serra é seu primeiro livro. Lançado em 1939, tem como personagem principal Elza, que viaja para Campos do Jordão para tratar-se de tuberculose, doença que na época tinha elevadas taxas de mortalidade no país, e se apaixona por Flávio, também em tratamento. Tornou-se de imediato um *best-seller* — a primeira edição esgotou-se em pouco mais de um mês. Após ser contemplado com o Prêmio António de Alcântara Machado, da Academia Paulista de Letras (1940), foi editado na Argentina e em Portugal. No Brasil, foi adaptado para o cinema em 1954, em filme estrelado por Cacilda Becker e Jardel Filho, e tornou-se um sucesso da cinematografia nacional.

Em 1941, publicou o volume de contos *A sereia verde*. Uma das histórias, intitulada "Pecado", foi traduzida para o inglês por Helen Caldwell e obteve o prêmio de melhor conto latino-americano, escolhido entre cento e cinquenta trabalhos de ficção.

Margarida La Rocque (1949) logo despertou a atenção de editores estrangeiros. A personagem que dá título ao livro confessa sua história a um padre: a trágica profecia que precedeu seu nascimento, a mocidade cercada de cuidados e mimos, o casamento, até chegar ao ponto central da trama — o período em que foi abandonada em uma ilha habitada por animais e seres estranhos. Foi vertido para o francês, com o título de *L'île aux démons* [A ilha dos demônios], e recebeu da escritora Colette o elogio *"Le meilleur démon de notre enfer!"* [O melhor demônio do nosso inferno]. Foi também lançado na Espanha e no Japão.

ACERVO DA FAMÍLIA

Dinah Silveira de Queiroz

Depois de ter sido apresentado em capítulos na revista *O Cruzeiro,* o romance *A muralha* é publicado integralmente em 1954. O livro, que homenageia a terra onde nasceu, foi outro *best-seller.* Recebeu a Medalha Imperatriz Leopoldina por seus méritos históricos, e, no ano de seu lançamento, a autora foi contemplada com o Prêmio Machado de Assis, da Academia Brasileira de Letras, pelo conjunto de sua obra. *A muralha* foi por várias vezes objeto de adaptação no rádio e na TV brasileiros e lançado em Portugal, no Japão, na Coreia do Sul, na Argentina, na Alemanha e nos Estados Unidos.

Verão dos infiéis (1968) foi escrito enquanto a autora morava em Roma, na Itália, e aborda um relevante aspecto político que o Brasil enfrentava àquela época: a ditadura militar. A obra de Dinah Silveira de Queiroz abrange romances, crônicas, contos, artigos e dramaturgia — e a ficção científica nacional teve na autora uma pioneira, uma vez que foi das primeiras escritoras a publicar dois livros de contos nesse gênero: *Eles herdarão a terra* (1960) e *Comba Malina* (1969), obras que a Editora Instante compilou no volume *Dinah Fantástica: contos de ficção científicos reunidos — Eles herdarão a Terra e Comba Malina* (2022).

São também de sua autoria: *As aventuras do homem vegetal* (infantil, 1951), *O oitavo dia* (teatro, 1956), *As noites do Morro do Encanto* (contos, 1957), *Era uma vez uma princesa* (biografia, 1960), *Os invasores* (romance, 1965), *A princesa dos escravos* (biografia, 1966), *Café da manhã* (crônicas, 1969), *Eu venho (Memorial do Cristo I,* 1974*), Eu, Jesus (Memorial do Cristo II,* 1977*), Baía de espuma* (infantil, 1979) e *Guida, caríssima Guida* (romance, 1981).

Em 1980, Dinah Silveira de Queiroz tornou-se a segunda mulher eleita para a Academia Brasileira de Letras (a primeira havia sido Rachel de Queiroz). Faleceu dois anos depois, em 1982, aos 71 anos.

Sobre a concepção da capa

Com seu estilo característico de desenhos ricos em detalhes que retratam cenas burguesas ou marcos históricos, *Toile de Jouy* é a clássica estampa francesa que inspirou esta e as demais capas dos romances de Dinah Silveira de Queiroz publicados pela Instante.

A arquitetura carioca ajuda a contar esta história, ambientada na década de 1960, que pressupomos ser baseada em um fato real acontecido no bairro de Laranjeiras em 1967. O hotel famoso, os prédios *art déco* e a vista da orla são os símbolos de uma Copacabana idílica e de um tempo marcado por violência e censura.

A pesquisa de época revelou que samambaias e avencas eram as folhagens mais identificáveis com o período retratado, e por isso elas aparecem se entrelaçando com alguns objetos que figuram na trama: o armário de Valentina, o fusca de Almir, os livros do professor, o gato de Elvira. Nas molduras, as fotografias de tempos felizes: as duas irmãs fantasiadas para o Carnaval e a família reunida antes que uma nova tragédia se anunciasse.

Entre as ilustrações, uma homenagem para a música "Divino Maravilhoso", um hino da juventude contra a ditadura militar, defendida pela inesquecível Gal Costa no Festival da Música Popular Brasileira em 1968.